Kerstin V
Die W
Der Roman na
von Dennis Gansel

Kerstin Winter

DIE WELLE

Der Roman nach dem Film
von Dennis Gansel

Nach dem Drehbuch von Dennis Gansel
und Peter Thorwart,
basierend auf der Kurzgeschichte und den
Originalprotokollen von Ron Jones

Ravensburger Buchverlag

MIX
Papier aus verantwortungsvollen Quellen
FSC® C114500
www.fsc.org

Ravensburger Taschenbuch
Band 58283
Erschienen 2008

Text © Ravensburger Buchverlag
Otto Maier GmbH
basierend auf dem Drehbuch zum Film
»Die Welle« von Dennis Gansel
und Peter Thorwarth
sowie auf der Kurzgeschichte & den
Originalprotokollen von William Ron Jones
und dem Drehbuch »THE WAVE«
von Johnny Dawkins & Ron Birnbach
Der Film »Die Welle« ist eine Produktion
der Rat Pack Filmproduktion in Koproduktion
mit Constantin Film Produktion, Medienfonds
GFPI KG und BA. Produktion

Umschlagmotiv: Alexander Rötterink/
www.hhdc.de
© Constantin Film Verleih GmbH/Rat Pack
Fotos: © Conny Klein/Constantin & Rat Pack

**Alle Rechte dieser Ausgabe
vorbehalten durch
Ravensburger Buchverlag
Otto Maier GmbH**

Printed in Germany

5 6 7 8 9 E D C B A

ISBN 978-3-473-58283-9

www.ravensburger.de

DER FREITAG DAVOR

1

Die Lautsprecher im Fond des alten Peugeots dröhnten und das Vibrieren der Bässe war durch den Sitz spürbar. Rainer Wenger hörte Musik. So laut, dass er aus vollem Hals mitgrölen konnte, ohne sich selbst hören zu müssen. Er konnte nämlich nicht singen.

Im Übrigen war der frühmorgendliche Berufsverkehr bereits abgeflaut. Um diese Zeit war die Straße, die durch den Wald in Richtung Stadt führte, nicht mehr besonders stark befahren. Es bestand also kaum Gefahr, der Polizei zu begegnen. Oder jemand anderem, der am schrägen Punk-Sound der Ramones hätte Anstoß nehmen können. Als Lehrer hatte man schließlich eine Vorbildfunktion.

Der Gedanke brachte ihn zum Grinsen. Er drehte den Lautstärkeregler noch ein wenig hoch.

Es war Freitag, also beinahe schon Wochenende. Ursprünglich hatte Anke mit ihm zur zweiten Stunde fahren wollen, sich aber dann entschieden, das eigene Auto zu nehmen und in der Schule noch etwas vorzuarbeiten. Rainers Grinsen wurde breiter. Wahrscheinlich hatte sie Angst gehabt, dass er versuchen würde, sie von der Arbeit abzuhalten. Und das hätte er …

Er hatte den Stadtrand erreicht, drosselte das Tempo und kurbelte das Fenster herunter, sang aber unbeirrt weiter. Es war ein angenehmer Tag, die Luft war mild. Er hatte die frühen Morgenstunden genutzt, um im See zu schwimmen, obwohl das Wasser noch reichlich frisch war. Als Anke und er vor einigen Jahren in dieser Gegend eine Wohnung gesucht hatten, waren sie von dem kleinen Hausboot an dem abgelegenen See sofort begeistert gewesen. Es lag an einem Ufer, das wegen des dichten Schilfbewuchses und der sumpfigen Wiesen nicht zum Sonnen und Baden einlud, daher waren sie meistens ungestört. Und da das Haus einen privaten Bootssteg hatte, war es beinahe, als gehörte der See ihnen allein. Rainer nutzte die Möglichkeit zum Schwimmen, sooft die Jahreszeit und sein Stundenplan es zuließen.

Wie heute Morgen.

Anschließend hatte er sich bei einem Kaffee mental auf das Spiel am Nachmittag vorbereitet. Seine Wasserballmannschaft würde gegen die Ernst-Barlach-Gesamtschule antreten. Es war zwar nur ein Freundschaftsspiel eine Woche vor dem entscheidenden Match, aber es würde ihnen zeigen, wo sie standen, und die Moral der Truppe vielleicht stärken. Obwohl Rainer ein paar echte Cracks in der Mannschaft hatte, waren sie in dieser Saison bisher nicht besonders erfolgreich gewesen. Zum Teil mochte das daran liegen, dass seine Jungs kaum Unterstützung durch ihre Schule bekamen: Bei Spielen blieben die Tribünen meistens leer. Kaum einer nahm sich die Zeit, zuzuschauen und die Spieler anzufeuern. Das wurmte auch ihn als Trainer.

Ein anderer Grund war mangelnder Teamgeist innerhalb seiner Mannschaft. Besonders Marco, der verbissen trainierte und sich in der Schule für wenig mehr interessierte als für den Sport, liebte den Alleingang. Dabei hätte er in Zusammenarbeit mit den anderen verdammt viel erreichen können. Mit Sinan zum Beispiel. Der war ein absoluter Teamspieler, obwohl er den Begriff dummerweise auch auf das Lernen ausdehnte: Er schrieb lieber Hausaufgaben ab, als sich selbst auf den Hintern zu setzen.

Rainer bog in die Straße zur Schule ein, die in einem Wohnviertel aus überwiegend neuen Einfamilienhäusern lag. Apropos auf den Hintern setzen. Da war noch die Kleinigkeit der anstehenden Projektwoche. Auch auf die hatte er sich mental vorbereitet, aber bei mental war es bisher geblieben. Nun, er hatte ja noch das ganze Wochenende, das sollte ausreichen. Im Übrigen hatte er sich für das Thema »Anarchie« eingetragen. Das war auf der Uni sowohl praktisch als auch theoretisch sein Spezialgebiet gewesen. Irgendetwas würde ihm dazu schon einfallen. Und vielleicht würde es am Wochenende ja regnen …

Inzwischen hatte er den Parkplatz des Gymnasiums erreicht. Er stellte den Motor ab und das Radio aus, nahm seine Tasche und seine Lederjacke und überquerte den Schulhof.

Das Marie-Curie-Gymnasium war ein großer Bau. Die Architekten hatten auf Glas und Metall gesetzt, wodurch zwar keine anheimelnde Atmosphäre, aber der Eindruck von viel Luft und Licht entstanden war. Neben dem hellen Betongrau herrschte die Farbe Grün vor – vielleicht um davon abzulenken, dass Bäume und Büsche dem asphaltierten Schulhof zum Opfer gefallen waren. Dennoch gab es schlimmere architektonische Verbrechen, die Schule war einfach ein typisches Produkt moderner Zweckarchitektur.

Bevor Rainer die Stelle an diesem Gymnasium angetreten hatte, war er sich nicht bewusst gewesen, wie viele der Schüler sich auf dem zum Teil reichlich vorhandenen Geld ihrer Eltern ausruhten. Was machte es zum Beispiel, wenn man das Abi nicht schaffte? Papas Betrieb stand einem trotzdem offen. Und wenn Papa keinen Betrieb hatte, dann würde er über die

Vitamin-B-Abkürzung schon dafür sorgen, dass man woanders einen super Einstieg schaffte. Bis dahin genoss man das Leben in vollen Zügen, amüsierte sich mit der neusten Playstation oder lieh sich Mamas schicken Zweitflitzer aus.

Kevin aus seinem Politikkurs war ein solcher Fall. Er interessierte sich eigentlich ausschließlich für den Konsum, und ganz besonders für den Konsum von Alkohol und Drogen. Kiffen und Saufen eben. Die Schulleitung hätte ihn vermutlich längst vor die Tür gesetzt, hätte der Herr Papa nicht eine so wichtige Rolle in der Stadt gespielt. Wenn man nicht wusste, aus welchem Elternhaus Kevin stammte, hätte man ihn für einen echten »Asi« halten können. Er drückte sich mit Vorliebe in Fäkalsprache aus und er legte eine Scheiß-egal-Haltung an den Tag, die sogar Rainer manchmal zur Weißglut trieb. Und wenn echt mal die Kacke am Dampfen war, kam Papi in die Schule und bog das wieder hin. In dieser Familie glich man eben schlechtes Benehmen durch fette Spenden aus.

Oder Jens. Ebenfalls aus seinem Politikkurs, auch er Sohn reicher Eltern und mit goldenem Löffel aufgezogen. Im Gegensatz zu Kevin gab Jens sein großzügiges Taschengeld aber nicht für Gras, sondern für Klamotten aus. Und obwohl sein Ehrgeiz sich darauf beschränkte, möglichst viele Oberstufenschülerinnen flachzulegen, arbeitete er wenigstens in einigen Fächern mit.

Rainer selbst stammte aus einer Arbeiterfamilie, von goldenem Löffel keine Spur. Er hatte nach seinem Realschulabschluss erst einmal eine »anständige Lehre« gemacht, jedoch schnell gemerkt, dass es für ihn nicht Lebenszweck war, anderer Leute Dächer zu decken. Also hatte er die Abendschule besucht, das Abitur nachgemacht und sich gegen den

Willen seiner Eltern an der Uni eingeschrieben. Lange Zeit hatte er mal dieses, mal jenes ausprobiert, nebenbei in Kneipen gejobbt und sich schließlich fürs Lehramt entschieden. Seine Eltern waren überglücklich gewesen: Endlich schien ihr Sohn solide zu werden. Und Rainer hatte fast erstaunt festgestellt, dass ihm dieser Beruf tatsächlich Spaß machte.

Vielleicht lag es auch daran, dass er Anke kennengelernt hatte. Sie war Lehrerin an der Schule gewesen, an der er das Referendariat gemacht hatte. Sie hatte schon damals eine enorm ruhige, gelassene Ausstrahlung gehabt, die ihn magisch angezogen hatte. Dazu kamen ein knochentrockener Humor und ein glasklarer Verstand, mit dem sie ihn im Handumdrehen durchschaut hatte. Nachdem sie zum ersten Mal aneinandergeraten waren, war es um ihn geschehen gewesen. Er hatte gewusst, dass er diese Frau wollte, und er fand, dass sie noch immer ein unschlagbares Team waren. Ihre Geradlinigkeit und Vernunft erlaubten es ihm, weiterhin den großen Jungen zu spielen, auch wenn er inzwischen schon hart, sehr hart auf die vierzig zuging.

Seit drei Jahren unterrichtete er nun schon am Marie-Curie-Gymnasium. Und er tat es gerne – meistens jedenfalls.

Er winkte einer Schülerin, die ihm ein verführerisches Lächeln schenkte, ließ sich von einem Jugendlichen kumpelhaft auf die Schulter klopfen und grinste ein paar Jungs an, die hastig ihre Kippen hinter dem Rücken verschwinden ließen. Das Schöne war – Rainer Wenger war beliebt. Das nicht ganz so Schöne – nicht unbedingt bei seinen Kollegen. Die hatten, wie er wusste, durchaus unterschiedliche Ansichten über seine Art von Unterrichtsführung, aber der Erfolg gab ihm Recht. Fand Rainer. Kleinstadtgymnasien waren in der Regel konservativ genug. Auch wenn ihres äußerlich Modernität ausstrahlte, schien ein Teil des Kollegiums sich manchmal in Rohrstockzeiten zurückzuwünschen.

Mit diesem Gedanken und noch immer bester Laune betrat er das helle große Lehrerzimmer. Zwei Kollegen standen mit ihren Zigaretten am offenen Fenster.

»Morgen«, rief Rainer ihnen entgegen. »Und immer schön die Kiddies im Blick haben, dass sie auf dem Schulhof nicht rauchen, hm?« Bevor die beiden noch eine Bemerkung machen konnten, war Rainer schon an ihnen vorbei.

Anke stand bei den Aktenschränken und las konzentriert irgendeinen Zettel. Als er auf sie zukam, blickte sie auf und lächelte. Mit einem Finger strich er ihr über den gewölbten Bauch. *Meins.* Mann, wie er sich auf Wenger junior freute!

Natürlich behauptete Anke, dass es ein Mädchen werden würde. Und Rainer behauptete, ihm sei das recht. In Wahrheit spielte er in seiner Fantasie bereits Basketball mit seinem Sohn und baute die Carrera-Bahn auf.

»Hey, Lehrer sind faul«, sagte er leise. »Jetzt versau mal nicht unser Image.«

Sie schob die Schublade zu. »Ich musste nur noch ein paar Arbeitsblätter kopieren.« Dann fragte sie beiläufig: »Warst du schon bei der Kohlhage?«

Rainers gute Laune begann sich aufzulösen.

»Warum?«

Anke wich seinem Blick aus. »Ach, sie hat nach dir gefragt.«

Was vermutlich keine Belobigung als korrektester Mitarbeiter des Jahres bedeutete. Innerlich seufzte Rainer. Er gab Anke einen Kuss. »Dann geh ich mal besser hin.«

»*Autokratie?*« Rainer stand im Büro der Schulleiterin und konnte es nicht fassen. »Ich dachte, es war eine ganz klare Sache, dass ich den Anarchie-Kurs mache.«

Frau Dr. Kohlhage warf einen teils amüsierten, teils missbilligenden Blick auf sein Ramones-T-Shirt. Rainer war sich bewusst, dass er im Vergleich mit ihrer eher gediegenen Aufmachung wahrscheinlich weniger wie eine Lehrkraft der Sekundarstufe II als wie ein mehrfach sitzen gebliebener Oberschüler wirkte. Und im Grunde fühlte er sich auch so.

Frau Dr. Kohlhage zuckte die Achseln. »Dieter Wieland hat mir heute sein Konzept vorgestellt. Er hat es bereits perfekt ausgearbeitet.«

»Ich hätte mich doch jetzt am Wochenende drangesetzt!«

»Tja, bisschen spät.«

Wieland – ausgerechnet. In dem steckte nicht einmal genug anarchisches Gedankengut, um gegen die Herrschaft des Besenstils zu rebellieren, den er in seiner Kindheit verschluckt hatte. Wieland mit so einem Thema auf die Schüler loszulassen, war gemeingefährlich. Und Frau Dr. Kohlhage führte zwar ein relativ strenges Regiment über ihre Schule, aber eine fiese Zicke war sie nicht. Das Wohl der Schüler lag ihr durchaus am Herzen. Also gab es noch Hoffnung.

»Wieland hat doch gar keine Ahnung von der Materie. *Ich* habe in Berlin studiert. *Ich* hab fünf Jahre in einem besetzten Haus in Kreuzberg gewohnt. Erster Mai, immer dabei.« Halbherzig hob er die Faust zu einer kämpferischen Geste. »Wer also ist besser geeignet als ich?«

Frau Dr. Kohlhage presste sich ein knappes Lächeln ab. »Wenn Ihnen so viel daran liegt, dann fragen Sie doch Herrn Wieland, ob er mit Ihnen tauscht.«

Das war mit Sicherheit keine gute Idee. Wieland konnte ihn nicht ausstehen, und wenn sich ihm eine Gelegenheit bot, Rainer auf die Zehen zu treten, dann würde er sie nutzen, so viel war klar. Er wandte sich zum Gehen, drehte sich aber noch einmal um. Bittend sah er seine Vorgesetzte an. »Könnten Sie nicht vielleicht noch mal mit Wieland …?«

Frau Dr. Kohlhage seufzte. Wieso wurde er eigentlich das Gefühl nie ganz los, dass sie ihn nicht wirklich ernst nahm?

»Regeln Sie das lieber unter sich«, sagte sie freundlich.

Womit das Gespräch offiziell beendet war. Rainer verließ das Büro. Seine gute Laune hatte beträchtlich gelitten.

Oh, Herrgott noch mal. Er wusste, dass er im Grunde verloren hatte. Aber kampflos ergab er sich nicht. Vielleicht hatte Wieland heute ja einen extrem guten Tag. Vielleicht hatte er seinen Nachbarn anzeigen können, weil er entgegen der Fahrtrichtung geparkt hatte, vielleicht hatte seine Frau ihn mal wieder rangelassen. Vielleicht war irgendetwas geschehen, das ihn in großzügige Stimmung versetzt hatte.

Rainer entdeckte den um einiges älteren Kollegen am Kopierer.

Wieland beugte sich über die Klappe, und eine Strähne seines schütteren Haars baumelte herab. Rainer holte tief Luft.

»Herr Wieland?«

Der Ältere warf ihm nur einen knappen Blick durch seine Brillengläser zu. »Herr Wenger.«

Rainer beschloss, dass der direkte Ansatz der beste war. »Es geht um das Thema der Projektwoche.«

»Und?« Unbeirrt kümmerte Wieland sich um seine Kopien.

»Ich wollte fragen, ob Sie mit mir tauschen. Ich habe Autokratie.«

Noch immer gönnte Wieland ihm keinen weiteren Blick. »Alea iacta est.«

Rainer sah ihn nur ausdruckslos an.

»Der Würfel ist gefallen«, übersetzte der andere.

Vielen Dank, arroganter Blödmann. Meinen Asterix habe ich auch gelesen. »Sie wissen doch ganz genau, dass ich gerne Anarchie gemacht hätte.«

»Zu gerne, wie mir scheint.« Endlich richtete Wieland sich auf und wandte sich ihm zu. Er lächelte selbstgefällig auf Rainer herab, der einen halben Kopf kleiner war als er. »In der Projektwoche geht es darum, unseren Schülern die Vorzüge der Demokratie näherzubringen. Wie man Molotow-Cocktails mischt«, er machte eine bedeutungsvolle Pause, »gehört allenfalls in den Chemieunterricht. Schönen Tag noch.«

Und damit ließ er Rainer stehen.

Rainer sah ihm nach. *Na großartig.* Anarchie mit Dieter Wieland. Die armen Schüler!

Aber es hatte keinen Sinn, sich noch länger darüber aufzuregen. Irgendetwas würde er schon aus dieser ollen Autokratie herausholen. Nun hatte er Unterricht. Später das Wasserballspiel.

Und dann – Wochenende!

2

Marco fing Karo nach der Theater-AG ab. Er hatte sich in die Aula geschlichen, um ihr bei den Proben zu Dürrenmatts »Der Besuch der alten Dame« zuzusehen. Er sah ihr gern zu. Er fand sie wunderschön mit ihren langen, glatten rötlichen Haaren, und er bewunderte sie für ihre Klugheit und ihr Selbstbewusstsein. Sie war gut in der Schule und sie war ehrgeizig. Manchmal fragte Marco sich, was sie eigentlich an ihm fand. Er war zwar ein Sportass und er wusste, dass ein Haufen Mädels auf der Schule ganz gerne mit Karo getauscht hätten, aber er hielt sich nicht für besonders klug und bei manchen Gesprächen konnte er einfach nicht mit ihr mithalten. Karo dagegen schien alles zu können. Es wunderte ihn nicht, dass sie in dem Stück, das Dennis auf die Moderne umgeschrieben hatte, die Hauptrolle spielte. Oder besser: spielen sollte, denn die Proben waren nicht gerade reibungslos verlaufen. Ferdi hatte mal wieder den Clown gemacht und damit nicht nur Dennis beinahe in den Wahnsinn getrieben. Blieb natürlich die Frage, warum Dennis die zweite Hauptrolle in einem ernsten Stück überhaupt an jemanden vergeben hatte, der auch im Alltagsleben keine zwei Sätze ohne eingebauten Gag von sich geben konnte. Als er Karo danach gefragt hatte, hatte sie wütend geantwortet, dass Dennis als Regisseur eben denkbar ungeeignet sei, und das war es gewesen.

Eigentlich war Ferdis Interpretation des Alfred Ill ziemlich komisch gewesen. Aber es war besser, das Karo nicht zu sagen. Wenn sie wütend war, war mit ihr nicht zu spaßen.

»Es kommt viel besser, wenn das Stück ernst gespielt wird«, sagte er also.

Karo schien sich sofort ein wenig zu entspannen. »Eben. Es hat doch keinen Sinn, wenn jeder macht, was er will.«

»Ja.« Marco hörte selbst, wie lahm sich seine Antwort anhörte. Er beschloss, ein Thema anzusprechen, von dem er etwas verstand. »Kommst du heute zum Spiel?«

Karo schüttelte den Kopf. »Lisa und ich müssen noch für Spanisch lernen.«

Natürlich – Spanisch. Für ihr großes Ziel. Nach dem Abi ein Studium in Spanien. Nichts als raus aus diesem Kaff und hinein in die große, lebendige Stadt. Karo mit Lisa im pulsierenden Barcelona. Obwohl es ihn gelegentlich wunderte, dass Lisa diesen Traum ebenfalls träumte. Er konnte sich Lisa, die Niedliche mit den engelhaften Locken, einfach nicht in einer Metropole vorstellen. Die meiste Zeit wirkte sie wie Karos Schatten, eine schüchterne Replik in Blond, ihre Stichwortgeberin, die sie übrigens im Theaterstück auch tatsächlich war. Und wenn Karo erst einmal für Lisa und sie eine Wohnung gefunden hätte, dann sollte Marco nachkommen, und sie hätten grenzenlosen Spaß in ihrer Dreier-WG. So weit Karos Plan.

Nur dass er sich selbst genauso wenig in einer solchen Stadt vorstellen konnte.

Aber das konnte er Karo nicht sagen. Sie würde seine Bedenken oder Einwände kurzerhand wegwischen, schlimmstenfalls würden sie sich streiten. Und Marco wollte sich nicht streiten. Am wenigstens mit Karo.

Und schon gar nicht vor einem Wasserballspiel, bei dem er

ihre moralische Unterstützung dringend brauchte. Sie spielten meistens vor leeren Zuschauertribünen, und das war alles andere als ermutigend. Wenn man das Gefühl haben musste, es interessiere kein Schwein, ob man siegte oder verlor, dann war es schwer, den nötigen Kampfgeist aufzubringen. Zum Glück hatten sie Rainer Wenger, dem es immer wieder gelang, sie zu motivieren. Er war ein Lehrer, der bei allem, was er tat, vollen Einsatz zeigte und von ihnen dasselbe forderte. Manchmal kam es Marco vor, als ob sie eigentlich nur noch spielten, um ihn nicht zu enttäuschen. Hätten sie einen anderen Trainer gehabt, hätte es wahrscheinlich schon längst keine Wasserballmannschaft mehr in ihrer Schule gegeben.

Er nahm Karos Hand. »Es ist Freitag. Du musst doch nicht den ganzen Nachmittag lernen.«

Sie waren am Fuß der großen Treppe stehen geblieben und Karo setzte zu einer Erwiderung an. In diesem Moment gesellte sich Jens zu ihnen. Marco wich im Geist einen Schritt zurück. Der andere trug Klamotten, die »teuer« schrien und seine selbstsichere Ausstrahlung ging Marco auf die Nerven. Musste der ausgerechnet jetzt auftauchen?

Karo dagegen schenkte ihm ein strahlendes Lächeln.

»Hey«, sagte Jens. »Habt ihr euch schon eingetragen?«

Marco sah ihn verwirrt an. »Eingetragen?«

»Für die Projektwoche.«

Die Projektwoche. Die hatte Marco ganz vergessen.

»Hängen die Listen denn schon aus?«, fragte Karo.

»Klar.«

»Ich wollte Autokratie machen«, sagte Karo. Marco sah zähneknirschend, wie sie sich ganz Jens zuwandte. Plötzlich hatte er das Gefühl, eine Nebenrolle zu spielen.

Jens schien dasselbe zu empfinden. Er ignorierte Marco, als sei der andere Luft. »Cool, da bin ich auch.«

Marco zupfte leicht an Karos Arm. »Ich muss. Trägst du mich auch mit ein?«

»Wo denn?«

Musste sie das noch fragen? »Na ja ... da, wo du auch bist.« Mit einem Blick zu Jens beugte Marco den Kopf und küsste Karo. Aus dem Augenwinkel sah er, wie Jens sich lächelnd abwandte und ging.

Hauptsache, du weißt, wo du stehst. Aber Marco hätte sich besser gefühlt, wenn Jens' Grinsen nicht so selbstgefällig gewirkt hätte.

Marco warf sich die Sporttasche über die Schulter. »Bis gleich.«

Eigentlich wusste er jetzt schon, dass Karo nicht kommen würde. Sie würde wieder nicht auf der Zuschauertribüne sitzen und ihn anfeuern. Spanisch war wichtiger, Träumen mit Lisa war wichtiger, und manchmal war anscheinend alles andere auch wichtiger. Wenigstens würden sie sich heute Abend wieder im Club sehen. Tanzen, Spaß haben, Party machen.

Irgendwie verspürte Marco allergrößte Lust, sich heute Abend auch gleich die Kante zu geben.

Die Nacht war klar, die Luft duftete nach Sommer, als Tim Stoltefuss seinen Roller aus der geräumigen Garage schob und dabei sehr genau aufpasste, nicht an den tadellos funkelnden Mercedes seines Vaters zu stoßen. Erst heute Nachmittag war der Wagen gewaschen worden, und nun sah das C-Klasse-Modell in Silber wieder aus wie neu. Also wie immer. Sein Vater reagierte ausgesprochen empfindlich darauf, wenn der Mercedes nicht makellos funkelte. Tim wusste das aus eigener Erfahrung. Wenn er als kleines Kind den Wagen beim Spielen versehentlich berührt hatte, hatte sein Vater seinen jüngsten Sohn dazu verdonnert, stundenlang am Lack zu wienern und zu polieren. Tim hatte gerieben und geputzt, bis ihm die Arme wehtaten und die Augen von der Politur tränten. Um sich abzulenken, hatte er sich mit der Zeit angewöhnt zu träumen. Mit dem Eifer eines Achtjährigen hatte er sich eine besondere Poliertechnik angeeignet und sich eingebildet, dass nur er Vaters Wagen so zum Strahlen bringen konnte. Er hatte sich vorgestellt, dass ihn sein Vater vom Arbeitszimmer oberhalb der Garage aus beobachtete, seine Frau zu sich rief und ihr erklärte, sie könnten stolz auf ihren Sohn sein. Welcher Junge in seinem Alter würde sich schon mit dieser Präzision, Konzentration und mit solch enormer Willenskraft seinen Aufgaben widmen?

Bis er eines Tages herausfand, dass sein Vater ihm nicht nur nicht zusah, sondern ihn offenbar auch vergaß, sobald er ihm den Auftrag erteilt hatte. Als Tim einmal während seiner Arbeit auf die Toilette musste, hatte er seinen Vater im Zimmer von Tims Bruder entdeckt. Dort hatte er sich, sichtlich fasziniert, ein Computerprogramm erklären lassen, das sein Ältester in der Informatik-AG geschrieben hatte.

Seitdem hatte Tim den Lack des Mercedes' weiträumig umgangen, sodass keine Putz- und Polierstunden mehr nötig gewesen waren. Seinem Vater war es nicht einmal aufgefallen.

Behutsam machte Tim das Garagentor zu. Er schwang sich auf den Sattel, startete den Motor und fuhr langsam über die Auffahrt. An der Einmündung zur Straße gab er Gas.

Sein Bruder wohnte schon lange nicht mehr zu Hause. Er

war vor einigen Jahren auf ein teures Internat für Hochbegabte in einer anderen Stadt gegangen, hatte die Uni summa cum laude hinter sich gebracht und saß jetzt in der Entwicklungsabteilung irgendeiner Hightechfirma. Tim wusste nicht viel über ihn, außer dass er a) ein Höllengeld verdiente und b) mit seiner Arbeit schon jetzt internationale Anerkennung erhielt. A erwähnte sein Vater, wann immer sich die Gelegenheit bot. B wisperte ihm seine Mutter häufig stolz ins Ohr.

Tim Stoltefuss dagegen war abgebrannt. Sein Vater zahlte ihm nämlich »leistungsorientiertes Taschengeld« – und schulische Leistungen waren nicht gerade Tims Stärke. Aber er brauchte sowieso kaum Kohle, weil er eigentlich keine Freunde hatte und so gut wie nie ausging. Also war es nicht schlimm, dass er jetzt pleite war. Seine gesamte Barschaft war gut investiert in etwas, das ihm wiederum helfen würde, zu bekommen, was nicht mit Geld zu bezahlen war.

Okay, einen anderen Helm hätte er gebrauchen können, dachte er, während ihm der kühle Nachtwind ins Gesicht blies. Alles war besser als dieser alberne Calimero-Helm, den er vor einem Jahr unbedingt haben wollte. Damals hatte er gesehen, dass die meisten Rollerfahrer, die etwas auf sich hielten, diesen Helmtyp bevorzugten, um sich von den Mopedspinnern abzuheben. Inzwischen wünschte Tim sich, er hätte sich für etwas Cooleres entschieden, etwas Schwarzes vielleicht, mit getöntem Visier. Und sei es nur deshalb, weil seine Mutter ihn mit dem jetzigen Ding so »niedlich« fand. Und: »Der steht dir doch so gut, Männchen.«

Für heute musste der Helm aber noch seinen Zweck tun. Er würde bei seiner Mutter das Thema noch ein-, zweimal erwähnen, dann bekam er das Geld für einen neuen, das wusste er.

Sie konnte ihm praktisch nichts abschlagen. Tim musste nur aufpassen, dass sein Vater es nicht mitbekam, sonst würde er sich wieder eine Lektion zum Thema »Sparsamkeit und bezahlte Leistungen« anhören müssen. Das würde dann unweigerlich in einen Vortrag über die Großtaten seines Bruders münden. Und Geld würde er keins bekommen.

Doch die Gedanken an sein Zuhause verflüchtigten sich, als er sich seinem Ziel näherte und sogar über den Lärm des Motors den dröhnenden Sound aus der »Uni« hören konnte. Wie immer war der Lieblingsclub der Oberstufenschüler brechend voll. Tim war nicht oft hier, denn meistens stand er nur allein herum und sah den anderen zu, wie sie sich amüsierten. Ein angenehm wärmendes Prickeln breitete sich in seiner Magengrube aus. Aber heute würde es anders sein. Heute würde er dazugehören. Gewissermaßen, jedenfalls.

Hip-Hop-Rhythmen quollen aus dem Eingang. Der Club lag weit genug von den Wohngebieten entfernt, dass die Kids hier ungestraft lärmen konnten. Und auch bei allem, was sie ungesehen tun wollten, ungesehen blieben.

Tim fuhr um den niedrigen Bau herum. Angewidert sah er an einer Ecke einen Jungen stehen, der sich herzhaft übergab. Ein Mädchen hatte mitfühlend die Hand auf seine Schulter gelegt, aber er schien es gar nicht wahrzunehmen.

War das Kaschi? Gewundert hätte Tim es nicht. Kaschi war ein echtes Partykid; er versuchte, aus allem maximalen Spaß herauszuholen, ohne sich mit Gedanken über die Konsequenzen zu belasten. Er machte jeden Blödsinn mit, sofern er sich dafür nicht anzustrengen brauchte. Das einzige Gebiet, auf dem Kaschi sich wirklich auskannte, war Computertechnologie. Aber anstatt mit diesem Talent etwas anzufangen, nutzte er es nur, um zu surfen, zu spielen oder sich Musik runterzuladen.

Konturenloses Weichei. Tim hatte für solche Menschen nur Verachtung übrig. Er hoffte sehr, dass es Kaschi war, der dort an der Mauer stand und kotzte. Doch als er an ihm vorbeifuhr, sah er, dass der Typ nicht dunkelhaarig, sondern blond war. Dennis? Unwahrscheinlich. Vermutlich hockte der drinnen an der Bar, philosophierte mit irgendeinem Altstudenten über Gott und die Welt und gefiel sich in der Rolle des intellektuellen Weltverbesserers. Er hielt sich für einen rebellischen Geist, hatte aber nicht einmal seine Theatergruppe im Griff.

Tim hielt unter einem Baum, stellte den Motor aus, stieg ab und löste den Kinnriemen. Hier war die Musik nur noch gedämpft zu hören. Mit seiner Tasche ging er auf die Typen zu, die rauchend an der Mauer des Clubs lehnten. Kevin, Sinan, Bomber und dessen Kumpel, von dem Tim nur wusste, dass er Schädel genannt wurde und ein Sprayer war. Seine Tags zierten die halbe Stadt.

Tim probierte ein kleines Lächeln, das keiner der vier erwiderte.

»Hey«, sagte Tim.

Kevin stieß den Rauch aus. »Stoltefuss. Hast du das Dope heute dabei?«

Tims Lächeln wurde breiter. »Klar.«

Er fischte einen Beutel aus seiner Tasche und reichte ihn Kevin, der die Tüte misstrauisch nahm. Die anderen beugten sich vor und begutachteten den Inhalt. Kevin sah auf. »Und das ist echt, ja?«

»Natürlich. Das hat ein Freund von mir gestern aus Holland geholt.«

Wenn man es so wollte. Tatsächlich hatte Tim keine Ahnung, woher der Typ am Bahnhof das Zeug gehabt hatte.

Sinan nahm Kevin die Tüte aus der Hand. »Sag mal, bist du eigentlich völlig weich in der Birne, mit so viel Gras durch die Gegend zu laufen?«

Tim zuckte mit einem hilflosen Lächeln die Schultern. »Die Bullen müssen mich erst mal erwischen.« Unruhig trat er von einem Fuß auf den anderen.

Was geschehen wäre, wenn sie es getan hätten, mochte er sich allerdings nicht vorstellen. Sein Vater hätte ihm »diese Schande« nie verziehen. Und seine Mutter wäre tagelang mit verquollenen Augen herumgelaufen und hätte sich murmelnd gefragt, was sie denn bei seiner Erziehung nur falsch gemacht habe …

Sinan reichte die Tüte an Bomber weiter, der einen prüfenden Blick darauf warf. »Was willst du denn dafür haben?«

Tims Blick glitt zur Seite, seine Füße wollten nicht ruhig stehen bleiben. »Nichts.«

»*Was?!*« Bomber starrte ihn ungläubig an.

Tim zögerte. Dann: »Schenk ich euch. Ihr seid doch meine Homies.«

Die Jungen warfen einander Blicke zu und grinsten.

Kopfschüttelnd wandte Sinan sich ab.

MONTAG

3

Rainer ging zügig durch die Gänge des Schultrakts. Ohne Eile verteilten sich die Schüler auf ihre Klassen und die Flure begannen sich zu leeren. Er war etwas spät dran, aber das war nicht weiter schlimm. Er hatte ohnehin keinen richtigen Plan, was er in den folgenden Stunden machen sollte, daher kam es auf ein paar Minuten auch nicht an.

Am Wochenende hatte es nicht geregnet, und Anke und er hatten die Zeit mit Schwimmen und Nichtstun verbracht. Na ja, Anke hatte durchaus einiges für die Schule getan: Unterricht vorbereiten, Klassenarbeiten korrigieren und so weiter. Rainer dagegen war zu dem Schluss gekommen, dass es in bloßen Aktionismus gemündet wäre, wenn er in zwei Tagen versucht hätte, eine komplette Projektwoche zu planen.

Außerdem hatte er sich unbedingt erholen müssen: Das Spiel am Freitag war nämlich eine mittlere Katastrophe gewesen. Sie waren gegen die Ernst-Barlach-Gesamtschule sang- und klanglos untergegangen, und Rainer hatte langsam die Nase voll. Vor allem von der Motivationslosigkeit seines besten Spielers Marco. Er konnte ihn ja verstehen: Der Junge hatte praktisch kein richtiges Zuhause, keiner kümmerte sich um ihn, er hatte keine vernünftigen Ziele vor Augen. Er fühlte sich alleingelassen und spielte genau so. Obwohl er alles andere als ein aggressiver Typ war, brach sich manchmal im Spiel die Wut in ihm Bahn, und dann sah man, was in ihm steckte.

Gleichzeitig aber verdarb er damit alles, weil er, ohne einen Gedanken an seine Mitspieler zu verschwenden, im Alleingang losstürmte. Rainer war langsam mit seinem Latein am Ende. Was musste passieren, damit der Junge begriff, dass er sich auf diese Weise selbst aus der Mannschaft beförderte?

Jedenfalls hatte er den Samstag gebraucht, um sich von der Niederlage zu erholen. Und weil er für Anke und sich zur Frustkompensation am Abend ein extrem leckeres Essen gezaubert hatte, hatte er wiederum den Sonntag gebraucht, um seinen Rotweinkater auszukurieren.

Heute Morgen hatte er zwar bei dem Gedanken an die kommende Woche einen kleinen Anfall von Panik bekommen, hatte sich aber mit ein paar Runden im See beruhigen können. Inzwischen war er wieder zuversichtlich, dass er diese Projektwoche schon irgendwie überstehen würde.

Inzwischen waren die Flure tatsächlich wie ausgestorben. Nur vor seiner Klasse standen noch ein paar Schüler an der offenen Tür und wirkten ziemlich unschlüssig.

Als er eintrat, verstand er warum. Es war einfach kein Platz mehr. Alle Tische, die, typisch für Kurse mit Diskussionspotenzial, in Vierergruppen zusammenstanden, waren besetzt, und einige Schüler verließen nun die Klasse, um sich in Nachbarräumen nach entbehrlichen Stühlen umzusehen.

Rainer ging zu seinem Pult und legte die Tasche ab. »Gibt's hier was umsonst?«

Sein Kurs war eindeutig überfüllt. Zu sagen, dass er sich nicht geschmeichelt fühlte, wäre eine glatte Lüge gewesen.

Kevin zog in Begleitung seines Kumpels Bomber an ihm vorbei. »Alles frisch, Rainer?«

»Das will ich doch hoffen.«

»Morgen, Rainer.« Sinan folgte Kevin und Bomber und steuerte nach ihnen die hinteren Plätze an.

Rainer wartete, bis sich die Unruhe ein wenig gelegt hatte und auch die Nachzügler saßen. An den Tischen hatten sich die üblichen Cliquen zusammengefunden. Karo, Marco, Lisa, Jens, Ferdi, Kaschi ... keine Überraschungen.

Tim vielleicht. Rainer hatte bisher noch nicht allzu viel mit ihm zu tun gehabt. Sein Vater war, soweit er wusste, alter Kleinstadtadel mit geerbter Villa, eine Institution mit viel Einfluss in dieser Stadt. Sein Sohn dagegen war ... nun ja, anders. Er wirkte gehemmt und unsicher und war nicht besonders beliebt. Meistens hing Tim auf dem Schulhof allein herum und seine Noten lagen im unteren Durchschnitt. Was der wohl in seinem Kurs wollte? Tja, vielleicht hatte sein Papa ihm Anarchie verboten, damit er nicht auf dumme Gedanken kam.

»Ehrlich gesagt wundert's mich ein bisschen, dass sich so viele für Autokratie interessieren«, begann er nun. »Ich hätte ja an eurer Stelle lieber Anarchie genommen.«

»Beim ollen Wieland?«, kam es aus der letzten Reihe von Bomber.

Du sprichst mir aus der Seele, Kumpel. »Das hast *du* gesagt.« Einen Moment lang betrachtete Rainer die Menge der Schüler, die ihm teils erwartungsvoll, teils gleichgültig entgegenblickten. »Also gut.« Er drehte sich um und schrieb das Wort an die Tafel. »Autokratie. Was ist das?«

Niemand sagte etwas.

»Na, kommt schon. Ihr habt euch das Thema ausgesucht. Irgendwas müsst ihr euch doch davon versprochen haben.«

»Na ja, keinen Stress hoffentlich«, sagte Kevin. Zustimmendes Lachen.

Rainer wusste, dass Kevin im Grunde genommen überhaupt keinen Scherz gemacht hatte; er hatte damit nur seine allgemeine Einstellung zur Schule ausgedrückt. Aber Rainer beschloss, seine Bemerkung lieber zu ignorieren. »Jens, was versteht man unter einer autokratischen Staatsform?«

Jens überlegte. »So was wie Monarchie vielleicht?«

»Nicht unbedingt. Ferdi, fällt dir was dazu ein?«

Ferdi, der lässig auf seinem Stuhl hing, blickte beifallheischend in die Runde. »Das sind ... Autorennen in Kratern.«

Rainer verdrehte die Augen. »Das war jetzt aber wirklich 'n ganz sparsamer. Lisa? Enttäusch mich nicht.«

»Ähm ... Diktatur vielleicht?«

»Unter anderem.« Rainer zeigte auf Karo, die sich bereits seit seiner ersten Frage meldete. Er wusste, dass sie es wusste, denn sie wusste *immer* die Antwort, aber er hatte Lisa mit Absicht vor ihrer Freundin drangenommen, damit sie auch eine Chance bekam. Sie hatte sie leider nicht genutzt. »Karo?«

»Autokratie ist, wenn ein Einzelner oder eine Gruppe über die Masse herrscht.«

»Genau. Autokratie leitet sich aus dem Griechischen ab und bedeutet Selbstherrschaft. In einer Autokratie hat ein Einzelner oder eine Gruppe so viel Macht, dass sie die Gesetze ändern können, wie sie's wollen. Habt ihr Beispiele für solche Systeme?«

Wieder betretenes Schweigen.

»Kommt schon. Irgendeine Diktatur wird euch doch wohl einfallen.«

Ohne aufzusehen oder sich zu melden, sagte Sinan leiernd: »Drittes Reich.«

Bomber stöhnte. »Och nee, nicht schon wieder.«

Rainer bedachte ihn mit einem missmutigen Blick. Bomber trug seinen Spitznamen zu Recht: Er war ein massiger, großer Kerl, mit dem nicht zu spaßen war, wenn er in Fahrt geriet. Zusammen mit Sinan und Kevin bildete er eine Phalanx, die jeden Unterricht sprengen konnte. »Also, ich hab mir das Thema auch nicht ausgesucht, aber wir müssen die Woche hier irgendwie rumkriegen.« Er griff in seine Tasche. »Ich hab euch ein paar Zettel ausgedruckt.« Immerhin etwas. Denn leider war ihm zu Autokratie auch nur wenig eingefallen.

Ungeduldig warf Bomber seinen Stift auf den Tisch. »Jetzt lass uns doch den Scheiß nicht schon wieder durchkauen.«

Mona, die hübsche, selbstbewusste Greenpeace-Aktivistin mit dunklen Dreadlocks, fühlte sich herausgefordert. »Das ist nun mal ein wichtiges Thema.«

Danke, Mona, dachte Rainer.

»Klar, Nazideutschland *war* scheiße. Langsam hab ich's auch kapiert«, gab Bomber zurück.

»Genau, Scheißnazis«, tönte Kevin dazwischen.

»So was passiert hier doch eh nicht mehr«, fügte Bomber hinzu. Für ihn war das Thema damit gegessen.

Doch nun war die Diskussion im Gang. Zufrieden ließ Rainer seine Schüler reden und hörte zu.

»Und die Neonazis?«, fragte Mona.

»Wir können uns doch nicht ewig für etwas schuldig fühlen, was wir nicht getan haben«, sagte Bomber gereizt.

»Aber hier geht es doch gar nicht um Schuld«, sagte Mona. »Es geht darum, dass wir mit unserer Geschichte eine Verantwortung haben.«

»Also, ich bin Türke, ey«, sagte Sinan mit aufgesetzt fettem, türkischem Akzent, und ein paar Schüler lachten.

Jens ignorierte ihn. »Verantwortung, klar. Aber das weiß doch jeder.«

Rainer richtete sich plötzlich ein wenig gerader auf. Da war etwas ... etwas in Jens' leicht genervtem Tonfall, an der beiläufigen Selbstverständlichkeit, mit der er seinen Satz ausgesprochen hatte. *Das weiß doch jeder.*

»*Was* weiß jeder?«, fragte er.

Jens machte eine wegwerfende Geste. »Na ja, vielleicht ein paar bekloppte Ossis nicht.«

Dennis sah ihn empört an. »Was soll denn das jetzt heißen? Ich komme auch aus dem Osten.« Beim letzten Wort zeichnete er Gänsefüßchen in die Luft.

»Du weißt, was ich meine«, sagte Jens und deutete sich auf den Kopf. »Glatzen und so.« Dann wandte er sich Rainer zu. »Hör mal, Rainer, können wir nicht was anderes machen?«

Rainer sah ihn beinahe geistesabwesend an. »Was?«

»Na, lass uns über die Bush-Regierung sprechen.«

Eigentlich meinte Jens, *lass uns über die Bush-Regierung schimpfen*, was, wie Jens sehr gut wusste, eine von Rainers Lieblingsbeschäftigungen war. Aber nicht heute.

»Warte mal, ich finde das gerade interessant.« Ohne seinen Blick von Jens zu nehmen, setzte er sich auf sein Pult. »Ihr meint also, eine Diktatur wäre heute bei uns nicht mehr möglich, ja?«

Jens' Antwort kam direkt. »Auf keinen Fall. Dafür sind wir viel zu aufgeklärt.«

Keiner widersprach. Rainer sah zu Marco hinüber, der neben Karo saß und noch keinen Ton gesagt hatte. Er schien halb zu schlafen. »Marco, was meinst du?«

Marco hob unsicher den Kopf. »Keine Ahnung.«

Rainer schwieg. Stumm betrachtete er seine Schüler, die ebenso stumm zurückblickten. Natürlich hatten die Kids Recht. Das Thema Nationalsozialismus wurde ständig und immer wieder durchgekaut, und sie hatten es satter denn je, sich immer wieder auf Schuld und Verantwortung reduzieren zu lassen. Dieser Teil der jüngsten Vergangenheit war so platt getreten worden, dass er zu einem Klischee mutiert war, und dementsprechend belanglos erschien er den Jugendlichen.

Es müsste einen Weg geben, ihnen diese Zeit, die Vorgänge, die dazu führen konnten, auf lebendige Art nahezubringen. Ohne sich mit simplen Filmvorführungen und den ewig gleichen Diskussionen zufriedenzugeben.

Rainer stieß sich vom Pult ab. »Gut. Wir machen zehn Minuten Pause.«

In seine Schüler kam wieder Leben. Geräuschvoll standen sie auf und verließen die Klasse. Rainer sah ihnen nachdenklich hinterher, ohne sie wirklich wahrzunehmen. In seinem Kopf begann sich eine Idee zu formen.

Sie waren also der Meinung, es könne hier und heute keine Diktatur mehr entstehen? Nun, vielleicht konnte er ihnen das Gegenteil beweisen. Ein praktischer Versuch in Autokratie.

Rainer spürte plötzlich eine Art Erregung, mit der frische Energie ihn durchströmte. Die anfangs vage Idee nahm immer mehr Gestalt an. Vielleicht war das Thema doch nicht so langweilig, wie er befürchtet hatte.

Als die Schüler nach der Pause den Klassenraum betraten, hatte sich einiges verändert. Die Tische standen jetzt in ordentlichen Reihen, immer vier nebeneinander, dazwischen Raum, um hindurchzugehen. Ganz altmodisch.

»Ich habe die Tische neu angeordnet«, verkündete Rainer, als vereinzeltes Murren zu hören war. »So hat wenigstens jeder Platz.«

Während die Kids sich setzten, wanderte Rainer vor der Tafel hin und her. Sobald es ein wenig ruhiger wurde, wandte er sich seinen Schülern zu. »Okay. Glücklicherweise können wir die Projektwoche so gestalten, wie wir wollen. Ich schlage vor, wir lockern das Ganze ein wenig auf. Jemand was dagegen?«

Er grinste, als Dennis sich prompt meldete, dann aber mit einer komischen Grimasse den Kopf schüttelte. »Sehr gut. Was ist denn die Grundvoraussetzung für ein autokratisches System? Dennis?«

»Ähm ... eine Ideologie.«

»Was noch?«

Nun kamen die Antworten wie aus der Pistole geschossen.

»Kontrolle.«

»Überwachung.«

Rainer winkte ab. »Ihr denkt mir schon ein paar Schritte zu weit.«

»Unzufriedenheit.«

Die Bemerkung kam von Tim. Er hatte bisher noch kein Wort gesagt, und auch jetzt klang es eher verzagt.

»Interessant.« Rainer setzte seine Wanderung durch die Tischreihen fort. »Aber was ich meine – was hat jede Diktatur? Wir haben vorhin schon mal drüber gesprochen.«

»'n Führer, Mann!«, rief Kevin.

Mona sah ihn scharf an. »*Führer?*«

Rainer schob die Hände in die Hosentaschen. »Na ja, Führer ist ein bisschen vorbelastet. Aber jede Diktatur hat eine zentrale Leitfigur.« Er war wieder bei seinem Pult angekommen und drehte sich um. »Spielen wir das Ganze mal durch. Wer also könnte das hier bei uns sein?«

Dennis hob den Finger. »Als Lehrer du natürlich.«

»Ich?«

Dennis lachte verlegen. »Wer denn sonst?«

Rainer zuckte die Achseln. »Ich dachte, vielleicht will mal einer von euch den Ton angeben.«

Jetzt hatte er die volle Aufmerksamkeit der Klasse. Die Schüler sahen sich um, selbst Marco war wach. Karos Hand hob sich zögernd, doch in diesem Augenblick sprang Kevin auf.

»Ich mach das. Ich bin euer Führer.«

Marco wandte den Kopf. »Vergiss es.« Und bevor Karo es noch einmal versuchen konnte, fügte er hinzu: »Rainer, mach du das.«

»Okay, dann stimmen wir ab. Wer ist dafür, dass ich während eurer Projektwoche eure Leitfigur bin?«

Die meisten Hände gingen hoch. Diesmal war Karo die Erste, die sie hob.

»Und was soll das bringen?«, fragte Mona hinter ihr gereizt.

Dennis sah sie ungeduldig an. »Jetzt warte doch erst mal ab.«

»Oder anders gefragt«, unterbrach Rainer den aufkommenden Zank. »Wer ist dagegen?«

Kevin meldete sich.

»Enthaltungen?«

Mona.

»Heil, Rainer!«, brüllte Kevin.

Rainer zog eine Augenbraue hoch. »So eine Leitfigur verdient natürlich auch Respekt.« Er ließ das Wort einen Moment wirken. »Deswegen will ich, dass ihr mich ab sofort mit Herr Wenger ansprecht.«

Leises Lachen.

»Wird der jetzt größenwahnsinnig, oder was?«, murmelte Kevin.

Dennis drehte sich zu ihm um. »Wir haben doch eben abgestimmt.«

»Was willst du denn von mir, du Ossi?«

Karo drehte sich um, bevor der Streit eskalieren konnte. »Mach doch einfach mit.«

Kevin beugte sich vor und sah ihr tief in die Augen. »Du hast mir gar nichts zu sagen.« Beinahe lautlos formte er mit den Lippen: »*Bitch.*«

Marcos Kopf fuhr herum. »Pass auf, was du sagst, Asi!«

Kevin lächelte nur. Es sah aus, als fletsche er die Zähne.

»Kommt, seid mal leise jetzt«, mischte Rainer sich ein. »Nehmt alle Sachen vom Tisch.« Er wartete, bis die Schüler getan hatten, was er wollte. »Und ab jetzt redet nur noch der, dem ich das Wort erteile.«

»Jawoll, Herr Wenger!«, rief Dennis fröhlich.

Rainer warf ihm einen scharfen Blick zu. »Hab ich dir das Wort erteilt?«

Dennis grinste verwirrt und senkte die Augen. »Äh – nein.«

»Und noch was!« Rainer war jetzt in Schwung. Seine Idee begann sich immer deutlicher auszuformen, und er wusste genau, was und wie er es tun wollte. »Jeder, der redet, muss dabei auch noch aufstehen.«

Mona verzog das Gesicht. »Geht das nicht etwas weit?«

Wortlos sah Rainer sie an und bedeutete ihr mit einer Geste, sich zu erheben. Mona zögerte, dann stand sie verärgert auf. »Geht das nicht etwas zu weit ...« Sie machte eine Kunstpause, verdrehte die Augen und setzte hinzu: »*Herr Wenger?*«

Rainer lächelte nicht. Ging nicht einmal auf ihre absichtliche Provokation ein. »Spürst du was?«, fragte er stattdessen.

Mona war verwirrt. »Was?«

»Spontanes Aufstehen bringt den Kreislauf in Schwung. Ihr kennt das doch, wenn der Puls abfällt. Aber wenn ihr aufsteht, dann seid ihr viel konzentrierter.« Er zog eine Braue hoch und schenkte Mona ein kleines Lächeln. »Du kannst dich wieder hinsetzen.«

Die anderen lachten. Mona setzte sich wütend.

Rainer sah sich in der Klasse um. »Marco, ich weiß, dass du müde bist vom Training. Aber setz dich mal aufrecht hin. Wirbelsäule gerade, Füße parallel – und jetzt atme tief ein.«

Marco befolgte seine Anweisungen ein wenig unsicher.

»Merkst du was?«, fragte Rainer beinahe sanft.

Marco nickte. »Ja.«

»Marco.« Tadelnd.

Marco grinste, seufzte und stand auf. »Ja, Herr Wenger, ich bekomme besser Luft.«

Rainer war überrascht. Marco hatte sich erstaunlich schnell auf das Spiel eingelassen. Und was war mit den anderen? »Genau, du bekommst besser Luft.« Er klatschte in die Hände. »Dann machen wir das doch jetzt mal alle. Aufstehen!«

Die Schüler warfen einander ungläubige Blicke zu. Ein paar gehorchten zögernd, andere blieben sitzen, bis Rainer seine Anweisung wiederholte.

»Was geht denn jetzt ab?«, murmelte Bomber.

Wieder klatschte Rainer. Beinahe alle Schüler standen auf. »Kommt. Einatmen.« Er schlenderte durch den Gang zwischen den Tischen. Am liebsten hätte er breit gegrinst, verkniff es sich aber. Bomber, Kevin und Sinan in der hintersten Reihe saßen immer noch. »Und was ist mit euch?«

»Keinen Bock«, sagte Kevin leise, aber deutlich.

Rainer sah ihn schweigend an. »Dann musst du gehen.«

Unruhe machte sich unter den Schülern breit, aber Rainer redete bereits weiter. »Ich zwinge niemanden hierzubleiben.« Er wandte sich von den drei Jungen ab. »Das gilt übrigens für alle.«

Kevins Selbstsicherheit bröckelte etwas. »Jetzt bleib doch mal cool, Rainer.«

Vorne drehte Dennis sich nach ihnen um. »*Herr Wenger*«, berichtigte er.

Rainer wandte sich wieder Kevin zu. Er sprach leise. »Kevin, es ist ganz einfach. Entweder du machst mit oder du gehst.«

Sie sahen einander einen Moment stumm an. Dann stand Kevin auf. »Kommt, Männer. Das ist mir zu *crank* hier.«

Bomber folgte ihm. Sinan blieb sitzen, sah seinen Kumpels hinterher, dann zu Rainer, der eisern schwieg. Sinan stieß ein unzufriedenes Lachen aus, nahm seine Tasche und ging.

Laut fiel die Tür zu. Eine seltsame Anspannung beherrschte den Raum. Stumm standen die Schüler an ihren Tischen.

»Ihr könnt euch wieder setzen«, sagte Rainer, als sei nichts geschehen.

Rainer wanderte an die Tafel zurück. Es war ein merkwürdiges und ungewohntes Gefühl, sich der vollen Aufmerksamkeit dieser Jugendlichen – *all* seiner Schüler – sicher sein zu können. Die Blicke prickelten ihm im Nacken. So ruhig war es in der Klasse noch nie gewesen.

»Was ist denn noch wichtig in einer Diktatur?«
Tim meldete sich. Rainer nickte ihm zu.
»Disziplin, Herr Wenger.«
Du sagst es. »Sehr gut, Tim.«

Tim setzte sich wieder, ohne Rainer aus den Augen zu lassen. Ein kleines Lächeln erschien auf seinen Lippen. Rainer drehte sich zur Tafel um und schrieb »Macht durch Disziplin«.

Macht durch Disziplin ...

Rainer konnte nur staunen. Seine Schüler gingen mit wie noch nie. Im Laufe des Vormittags hatte er sie so weit gebracht, dass sie ganz selbstverständlich aufgestanden waren, wenn sie etwas zu sagen hatten, dass kaum noch einer dazwischengerufen hatte und alle ihm an den Lippen gehangen hatten, als habe er eine faszinierende Botschaft zu verkünden. Schüler, die gewöhnlich Schwierigkeiten machten, erschienen wie ausgewechselt. Lisa, zum Beispiel, die normalerweise unsicher stotterte, sobald man sie aufrief, war es gelungen, ihre Antworten konzentriert und präzise zu formulieren. Die Störer und Klassenclowns hatten das Spiel akzeptiert, indem sie den Mund nur dann aufgemacht hatten, wenn sie tatsächlich an der Reihe gewesen waren. Und die schüchternen Problemkinder waren förmlich über sich hinausgewachsen. Mona hatte sich wieder auf Inhalte konzentriert und wie gewohnt engagiert mitgearbeitet. Als Sinan und Bomber dann auch noch zurückgekommen waren, um gespielt cool ihre Plätze einzunehmen, hatte er das Gefühl gehabt, als ginge ein Energieschub durch seine Klasse. Es war – nun, erstaunlich.

Rainer war froh, dass Sinan sich doch für den Kurs entschieden hatte. Der Junge war während seiner Schulkarriere schon zweimal sitzen geblieben und hatte offensichtlich verstanden, dass für ihn der Zug abgefahren war, wenn er sich nicht endlich etwas anstrengte. Aber dass er sich in diesem Fall gegen den tonangebenden Kevin durchgesetzt und auch noch Bomber überredet hatte ... alle Achtung!

Ganz abgesehen davon, dass sein Versuch umso interessanter wurde, je unterschiedlicher Herkunft und Elternhaus der Teilnehmer waren. Im zweiten Teil des heutigen Kurses hatten sie über die Bedingungen gesprochen, die eine Diktatur begünstigten. Dazu schien jeder etwas zu sagen zu haben. Soziale Ungerechtigkeit, hohe Arbeitslosigkeit, Überfremdung, die Furcht vor Terroranschlägen, der Wunsch, stolz auf das eigene Land sein zu können ... die Schüler hatten ausgesprochen, was sie vermutlich selbst am meisten belastete, und daraus war eine wirklich fruchtbare Diskussion entstanden.

Jetzt verließen sie einer nach dem anderen den Raum, während Rainer noch die letzten wichtigen Erkenntnisse aus dem Unterricht an die Tafel schrieb. Markige Sätze. Er lächelte.

»Herr Wenger?«

Rainer drehte sich um. Die Klasse war leer. Nur Tim Stoltefuss stand hinter ihm. »Nach dem Unterricht kannst du mich gerne wieder Rainer nennen.«

Tim grinste von einem Ohr zum anderen. »Das hat mir heute echt Spaß gemacht.«

Rainer nickte. »Ich fand's toll, wie du mitgemacht hast. Weiter so.« Er wandte sich wieder der Tafel zu.

»Jawoll«, erklang es hinter ihm. Und nach einer kurzen Pause: »Herr Wenger.«

Irritiert drehte Rainer den Kopf und sah dem Jungen nach.

4

Karo und Marco gingen durch den Laubengang im Garten auf das Haus zu. Sie war froh, dass Marco noch mit ihr gekommen war. Sie hatte das Bedürfnis, über den heutigen Schultag zu reden, denn obwohl sie mit einem guten Gefühl aus der Schule gegangen war, nagte etwas an ihr. Sie war sich nicht sicher, wie sie das Erlebte deuten sollte, und musste unbedingt Ordnung in ihre Gedanken bringen.

Ihre Eltern waren bei solchen Dingen keine große Hilfe. Sie waren zwar immer für sie da, wenn sie reden wollte, gaben aber höchstens kryptische Kommentare ab, die sie »Denkanstöße« nannten. Das war einer der Nachteile, wenn man Eltern hatte, die ihre Kinder zu »freigeistigen, eigenverantwortlichen Individuen« erziehen wollten. O-Ton ihre Mutter. Dabei wünschte Karo sich manchmal nichts als eine klare Ansage.

Anders formuliert: Ihre Eltern gingen ihr in letzter Zeit gehörig auf den Keks. Ihre Freunde konnten das natürlich überhaupt nicht nachvollziehen. Sie fanden Torsten und Sabine cool, und Lisa und Marco gehörten praktisch schon zur Familie. Karo wusste, dass Marco sich hier sehr viel wohler fühlte als in der Hochhauswohnung am Stadtrand, die er mit seiner Mutter teilte. Objektiv betrachtet war es vermutlich auch nett, wenn man Eltern hatte, die mit ihren Kindern und deren Freunden ein kumpelhaftes Verhältnis pflegten und nicht auf ihre Autorität pochten.

Drei Jungen auf Skateboards kamen auf sie zugerast, und Karo musste zur Seite springen. »Mann, pass doch auf!«, fauchte sie den ersten an. Selbst objektiv betrachtet konnte man einen solchen Bruder nicht nett finden.

»Pass doch selber auf!«, gab Leon zurück.

»Sei nicht so frech zu deiner Schwester«, sagte Marco.

Leon steckte sich eine Zigarette in den Mund. Seine zwei Freunde begnügten sich mit einem provozierenden Gesichtsausdruck. »Was willst du denn? Gib mir mal lieber Feuer.«

Marco verzog das Gesicht. »Du darfst doch noch gar nicht rauchen.«

»Mein Vater hat's mir aber erlaubt.«

Einer der Freunde drückte Leon ein Feuerzeug in die Hand und Leon zündete sich die Zigarette an.

»Thorsten hat wahrscheinlich gesagt, es ist deine Sache«, sagte Marco. »Aber erlaubt hat er es dir nicht.«

»Zumindest ist es nicht *deine* Sache«, antwortete Leon patzig.

Karo wusste, dass es keinen Sinn hatte. Es war erstaunlich, dass man mit dreizehn schon so ein widerliches Ekel sein konnte. Manchmal gruselte es sie, wenn sie sich vorstellte, was für ein Erwachsener wohl aus ihm werden würde. Sie zog an Marcos Hand. »Komm, lass den Spinner.«

»Spasti«, murmelte Marco.

»Selber Spasti. Hast du eigentlich kein eigenes Zuhause?«

Sie betraten das Haus durch den Garten. Karos Vater saß auf der Couch und sah sich ein Fahrradrennen an. Marco brauchte keine Einladung, um sich dazuzusetzen. Karo seufzte. Musste das Klischee von Männern und Sport eigentlich immer stimmen?

Aber sie wollte doch reden. Als sie die kleine Bibliothek betrat, fand sie dort ihre Mutter. Und bevor sie sich bremsen konnte, sprudelte alles aus ihr heraus, was heute in Rainers Kurs passiert war. Sie fing mit der Diskussion um das zu behandelnde Thema an, schilderte detailliert die Entwicklung und endete mit dem seltsamen Gefühl der Euphorie, das sie anschließend gespürt hatte. »Alle haben mitgemacht. Es war wie eine unheimliche Energie, die uns alle mitgerissen hat«, schloss sie begeistert.

Ihre Mutter wandte sich ab und verließ das Zimmer, um in die Küche zu gehen. »Unheimlich«, murmelte sie, »ist genau der richtige Ausdruck.«

Und das war genau der Dämpfer, den Karo nicht hatte einstecken wollen. Verärgert lief sie ihrer Mutter hinterher. »Was soll das denn schon wieder heißen?«

Ihre Mutter nahm eine Schüssel aus dem Kühlschrank. »Macht durch Disziplin ...« Sie schüttelte den Kopf. »Ich weiß nicht. So haben wir dich nicht erzogen.«

Aua. Das war einer der Sprüche, die Karo besonders gut haben konnte. Am Ende waren Eltern doch alle gleich. »Hättet ihr aber mal lieber«, fauchte sie. »Leon hätte ein bisschen Disziplin bestimmt nicht geschadet.«

Ihre Mutter lächelte, als Leon in diesem Moment die Küche betrat, sich kommentarlos etwas zu essen nahm und wieder ging. »Dein Bruder soll seine Grenzen selbst erfahren.«

Ja, und bla, bla, bla, dachte Karo. Genau so hatte sie sich das vorgestellt. Ihr Redebedürfnis war für heute gestillt. Sie machte auf dem Absatz kehrt und ging ins Wohnzimmer, wo Marco noch immer mit ihrem Vater vor dem Fernseher saß.

»Marco, komm, wir gehen hoch. Wir müssen noch was für

die Projektwoche vorbereiten.« Er sah auf und wollte protestieren. »Komm jetzt bitte«, fügte sie eindringlich hinzu.

Torsten warf Marco einen anzüglichen Blick zu. »Dann bereitet ihr mal eure Projektwoche vor.«

Nur widerwillig erhob Marco sich und trottete hinter seiner Freundin her. Torsten, der anscheinend auf den Geschmack gekommen war, griff nach seiner Frau. Er zog sie in die Arme und begann sie zu küssen. »Wollen wir beide vielleicht unsere eigene Projektwoche einleiten?«

Sabine kicherte. »Ich habe gehört, so kleine Rollenspiele sollen ganz anregend sein.«

Marco warf einen Blick über die Schulter und grinste, aber Karo packte resolut Marcos Arm und zog ihn die Treppe hinauf. *Mann, wie peinlich. Wie oberpeinlich.*

Marco grinste noch immer, als sie Karos Zimmer betraten. Aber anstatt sich an ihren alten Herrschaften ein Beispiel zu nehmen, schaltete Karo sofort ihren Computer an. So hatte er sich das nicht vorgestellt. Aber er hätte es sich denken können.

Er warf sich aufs Bett und starrte an die Decke, während sie sich an ihren Schreibtisch setzte und sich auf die Startseite von Barcelona einklickte.

Er fühlte sich rastlos und unruhig und hätte gerne einfach nur mit ihr geschmust, um sich ein wenig zu entspannen. Er musste gleich zum Training bei Rainer. Oder vielmehr: Herrn Wenger – ha, ha.

Ein seltsamer Vormittag. Aber er musste zugeben, dass es ihn gepackt hatte. Rainer war es heute Morgen gelungen, ihn aufzurütteln. Ihn zu wecken. Marco war dem Unterricht gefolgt und hatte sich gut dabei gefühlt. Plötzlich waren sie nicht einfach nur ein beliebig zusammengewürfelter Kurs gewesen, sondern eine Art von Gemeinschaft. Weil sie etwas anders machten. Weil sie gleichzeitig das Gleiche taten. Weil ... keine Ahnung. Aber er hatte sich plötzlich nicht mehr so unzulänglich gefühlt. Rainer war auf jeden eingegangen. Sicher, das tat er sonst auch immer, aber irgendwie anders ...

Jedenfalls war er in euphorischer Stimmung mit Karo nach Hause gefahren. Der erste Dämpfer war Karos kleiner Bruder Leon gewesen. *Hast du eigentlich kein eigenes Zuhause?* Der kleine Mistkerl schaffte es einfach jedes Mal, da zu treffen, wo es wehtat. Klar hatte er ein Zimmer, in dem er wohnte. In einer Wohnung, die er mit seiner Mutter teilte. Aber seine Mutter ging lieber ihren eigenen Interessen nach: Sie schleppte viel zu junge Typen an, um mit ihnen zu vögeln. Oh, sie gab sich die allergrößte Mühe, es heimlich zu machen, sodass Marco es nicht mitbekam. Aber meistens war sie am Nachmittag schon zu betrunken, um noch zu bemerken, ob er in der Wohnung war oder nicht.

Hast du eigentlich kein eigenes Zuhause?
Nein, nicht wirklich.

Der zweite Dämpfer war Karos mangelndes Interesse. An ihm.

Er stützte sich auf einen Ellenbogen. »Ich dachte, wir machen was anderes.«

Karo löste ihren Blick vom Bildschirm, lächelte ihn an und wandte sich wieder um. »Guck mal, da ziehen wir hin. Das ist das angesagteste Viertel in Barcelona, und bis zum Stadion sind es nur sieben Stationen.«

Marco ließ sich entnervt wieder aufs Bett zurückfallen. »Ist das nicht ein bisschen weit weg?«

Karo runzelte die Stirn. »Sieben Stationen?«

»Barcelona.«

Sie zuckte die Achseln. »Ist doch schön. Direkt am Meer, Künstlerstadt ...«

»Meinst du nicht, deine Familie wird dich vermissen?«

Er erkannte sofort, dass er das besser nicht gesagt hätte.

»Die gehen mir zurzeit sowieso alle auf die Nerven«, sagte sie und griff wieder zur Maus.

»Jetzt lass das doch«, versuchte er es erneut. »Komm mal her.«

»Ich hab' jetzt echt keine Lust.«

Nein, komisch, wenn ich etwas will, hast du nie Lust. Was sollte er eigentlich hier? »Fliegst du schon morgen, oder was?«

»Nein, aber ich muss mich jetzt bald anmelden.«

Marco setzte sich hin und stand vom Bett auf. »Dann meld dich mal an.« Er gab sich keine Mühe, seine Enttäuschung zu verbergen, sondern nahm seine Tasche und griff nach der Türklinke.

Karo seufzte. »Ach komm. Jetzt bleib doch noch.«

Und wozu genau? »Ich muss zum Training.«

Vielleicht konnte er da wenigstens seine überschüssige Energie loswerden.

Eine knappe Stunde später trat Marco Wasser. Er packte den Ball, holte aus und schleuderte ihn. Direkt ins Gesicht seines Trainingspartners. Der stöhnte auf und Marco verdrehte die Augen.

»Was ist das denn für eine Scheiße?«, brüllte Rainer vom Beckenrand aus. »Was soll denn das?«

Marco tauchte ab. *Bitte vielmals um Entschuldigung, Trainer, mein Tag hat bisher nicht gehalten, was er heute Morgen versprochen hat.* Er stieß sich am Beckenboden ab und tauchte wieder auf. Sinan schwamm direkt auf ihn zu. Auch das noch!

»Lass mich in Ruhe.«

Sinan dachte nicht daran. »Hör zu, Mann. Lass uns einmal zusammenspielen, ja? Jeder denkt sowieso, du machst es wieder im Alleingang. Ich schwimm mich rechts frei und mach einen Doppelpass, okay?«

Marco sah ihn nur an.

»*Okay?*«, wiederholte Sinan.

»Ja«, antwortete Marco schließlich genervt.

Rainer pfiff das Spiel wieder an. Marco bekam den Ball. Er schleuderte ihn, bekam ihn zurück, holte erneut aus. Ein Spieler der gegnerischen Mannschaft setzte zum Blocken an, doch Marco warf den Ball zu Sinan, der ihn nach einer Finte zu ihm zurückspielte. Marco zielte, warf ... und landete ein Tor.

Rainer brach in Jubel aus. »Schön, Marco. So was will ich sehen! *Das* ist ein Spielzug!«

Sinan sah Marco nur an. Marco dankte ihm mit einem knappen Nicken.

Langsam ließ Marco sich wieder ins Wasser sinken. Vielleicht war der Tag ja doch nicht ganz so schlecht ...

DIENSTAG

5

Rainer konnte es kaum erwarten, in seinen Kurs zu kommen. Das war nun tatsächlich ein Novum: Er ging vorbereitet in den Unterricht! Anke war am Abend zuvor bei Freunden gewesen, und er hatte sich die Zeit vertrieben, indem er im Internet gesurft und Bücher gewälzt hatte. Es war interessant, welche psychologischen Inhalte in Themen wie Disziplin, Uniformität oder Autorität steckten. Aber er hatte sich nicht nur mit der Theorie befasst, sondern auch Pläne ausgearbeitet, wie man sie in die Praxis umsetzen konnte. Derart gerüstet versprach dieser Tag interessant zu werden.

Okay, er war ziemlich müde, denn er hatte den Computer erst ausgemacht, als Anke – sehr spät – auf dem Hausboot eingetrudelt war. Dann waren sie zwar zügig ins Bett gegangen, aber eine ganze Weile nicht wirklich zum Schlafen gekommen. Aber was machte das schon? Er war gut vorbereitet.

Er betrat seine Klasse und ging schnurstracks aufs Pult zu. »Morgen.«

»Guten Morgen, Herr Wenger!«, schallte es ihm entgegen. Einstimmig.

Hoppla, das war ja beinahe schon ein bisschen zu stark. Rainer verlangsamte seinen Schritt und sah seine Klasse an, als bestünde sie plötzlich aus Außerirdischen. Die meisten grinsten ihm entgegen. Nahmen sie ihn hoch? Aber selbst wenn – sie taten, was er gestern eingefordert hatte.

Rainer hatte seinen Tisch erreicht. »Ihr nehmt mich wohl nicht so ganz ernst, was?« Er ließ seinen Schülern ein wenig Zeit zu protestieren, dann winkte er sie von den Plätzen. »Steht bitte alle mal auf.«

Im Gegensatz zum vorherigen Tag gehorchten sie ohne Widerstand, wenn auch noch langsam. Rainer begann, mit den Armen zu kreisen. »Macht mir das mal nach.«

Die Schüler taten es ihm halbherzig nach. Verlegen sahen sie sich nach den anderen um.

Rainer musste die Stimme heben. »Das sind jetzt ein paar Übungen zur Auflockerung der Muskulatur.« Er schlackerte mit den Gliedmaßen. »Vor allem die Beine bitte.« Vergnügt beobachtete er, wie die Klasse etwas machte, was nach Frühsport im Seniorenclub aussah. Er ließ die Arme sinken. »Und jetzt im Gleichschritt. Links, rechts, links, rechts …«

Er trat geräuschvoll von einem Fuß auf den anderen, wartete, dass die Schüler sich seinem Takt anpassten, und steigerte dann das Tempo. Die meisten schienen sich köstlich zu amüsieren oder zogen aus Verlegenheit alberne Grimassen. Nur Mona hatte, obwohl sie ebenfalls mitmachte, offenbar Mühe, die Sache komisch zu finden.

»Und was soll das jetzt?«, fragte sie.

»Einfach mitmachen!«, rief Rainer über den anschwellenden Lärm. »Ich will euch etwas zeigen.«

Die Schüler marschierten nun kräftig und nahezu gleich. Der rhythmische Lärm wurde lauter und lauter. »Spürt ihr das?«, rief er. »Wie wir langsam alle zu einer Einheit verschmelzen? Das ist die Kraft der Gemeinschaft!«

Mona stöhnte. »Wie lange müssen wir denn noch?«

»So lange, bis wir alle im absolut gleichen Rhythmus sind.

Das kennst du doch vom Tanzen, Mona. Links, rechts, links – kommt. Eins, zwei ...«

Das Stampfen wurde lauter, verschmolz zu einem einzigen Takt. Rainer spürte, wie sich die Härchen auf seinen Armen aufrichteten. Er betrachtete die Gesichter seiner Schüler. Links, rechts, links, rechts. Einige amüsiert. Links, rechts. Andere befremdet. Links, rechts, links. Tim wie in Trance. Kaschi mit Zwischenbeat. Links, rechts, links, rechts ...

»Mit solchen Schwingungen kann man sogar Brücken zum Einsturz bringen!«

»Ich glaube, so langsam haben wir es kapiert, Herr Wenger!«, rief Jens.

»Das glaub ich nicht!« Rainer nahm die Arme mit. »Diese Übung erfüllt nämlich noch einen anderen Zweck.«

Jens' Elan war eindeutig erschöpft. Er trat zwar noch, aber eher widerstrebend. »Und welchen?«

Rainer Wenger grinste breit, während er unbeirrt weitermarschierte. »Direkt unter uns ist der Anarchiekurs vom Wieland!«, brüllte er. »Und ich will, dass der Putz von der Decke auf die Feinde niederprasselt!«

Das Getöse wurde ohrenbetäubend.

Wielands Gesicht hatte eine wunderschöne Rotfärbung. Es war ihm gelungen, Rainer in der kurzen Pause abzufangen, und er hatte sich dazu Verstärkung in Gestalt von Frau Dr. Kohlhage geholt, die interessiert zwischen dem älteren Grauhaarigen und ihm hin und her blickte. Wieland tobte und zeterte und Rainer ließ ihn. Er hätte ohnehin wenig Chancen gehabt, sich Gehör zu verschaffen. Zum Glück musste auch Dieter Wieland einmal Luft holen.

»Das waren nur ein paar Lockerungsübungen«, warf Rainer schnell ein und sah Frau Dr. Kohlhage dabei entschuldigend an. »Zum Wachwerden.«

»Lockerungsübungen?«, fragte Wieland empört. »Es hörte sich an, als ob die ganze Schule zusammenfällt. Sie stören meinen Unterricht. Zu Recht sind meine Schüler völlig empört.«

Na, sicher, dachte Rainer. Aber er kam nicht mehr dazu, etwas zu sagen. Eine Mädchenstimme rief seinen Namen. Zwei Schüler aus Wielands Kurs traten schüchtern zu ihnen.

»Kann ich euch helfen?«, fragte Frau Dr. Kohlhage.

»Na ja«, begann der Junge. »Wir wollten fragen, ob wir vielleicht doch noch in den Autokratiekurs wechseln können.«

Das Mädchen fügte hinzu: »Sofort?«

Es fiel Rainer ungeheuer schwer, nicht zu grinsen. Aber er schaffte es.

Frau Dr. Kohlhage war nicht so erfolgreich.

Nach der Pause wirkten die Schüler gelöst und entspannt. Unter den Satz »Macht durch Disziplin« hatte Rainer »Macht durch Gemeinschaft« geschrieben. Er setzte seine Schüler um, gruppierte sie neu, trennte die Pärchen und die dicksten Kumpel. Nicht alle waren darüber glücklich, das war nicht zu übersehen, aber es gab erstaunlich wenig Gemaule.

Sie vertrauen mir, dachte Rainer. *Sie haben Spaß an diesem Spiel und lassen sich von mir leiten.* Ein verdammt gutes Gefühl. Diese Projektwoche versprach auch für ihn eine spannende Erfahrung zu werden.

Rainer erklärte seinen Schülern, nach welchem System er sie umgesetzt hatte. Es gehe darum, das Konkurrenzdenken zu eliminieren, das Miteinander zu fördern und den Egoismus des

Einzelnen zu unterwandern. Die Ellenbogengesellschaft müsse aufgeweicht werden, indem sich jeder nicht nur auf sich selbst konzentrierte, sondern seinem sprichwörtlichen Nächsten unter die Arme griff. In der Gemeinschaft sei man stärker, könne man mehr erreichen.

»Soll das heißen, dass wir jetzt alle abschreiben dürfen?«, fragte Ferdi grinsend.

»Wenn ihr so am Schluss bessere Noten habt, ja.«

Vereinzelte Lacher waren zu hören. Rainer blieb ernst.

»Deswegen habe ich auch immer einen Schüler mit einer schlechten Note neben einen mit einer gute Note gesetzt«, fuhr Rainer fort. »Ich möchte, dass ihr euch helft.«

Einen Moment lang sahen die jeweiligen Sitznachbarn sich sprachlos an. Dann platzte Mona der Kragen.

»Das ist doch totaler Schwachsinn. Unglaublich.«

Ruhig, beinahe sanft, befahl Rainer ihr aufzustehen.

Sie tat es, wenn auch widerstrebend. »Ich kann nicht glauben, dass Sie uns so bloßstellen. Alle schlechten Schüler sitzen jetzt hier wie … wie auf dem Präsentierteller.«

Rainer verzog keine Miene. »Mona, ich habe niemals von schlechten Schülern gesprochen, nur von schlechten Noten.« Er trat an ihren Tisch. »Für mich gibt es keine schlechten Schüler«, fuhr er fort. »Du zum Beispiel bist sehr gut in meinem Unterricht, hast aber in Mathe eine Schwäche, oder?«

Mona zuckte die Achseln und sah verlegen weg.

Rainer deutete auf ihre neue Tischnachbarin. »Lisa aber steht in Mathe auf einer glatten Eins.« Er lächelte. »Ihr könntet euch helfen.«

Da Mona dem nicht widersprechen konnte, setzte sie sich wieder. Und als Rainer ihnen noch einmal damit kam, in der

Gemeinschaft besser, stärker, erfolgreicher sein zu können als die »Anarchos unter uns«, hatte er sie alle wieder auf seine Seite gezogen: Wieland auf seinen Platz zu verweisen, machte einfach einen Höllenspaß.

Die nächste Stufe erreichten sie mit solch einer Leichtigkeit, dass Rainer nur staunen konnte. Er schnitt das Thema Uniformen als äußeres Kennzeichen der Gemeinschaft an, und ziemlich schnell entbrannte eine Diskussion über Sinn und Unsinn, über den Mangel an Individualität einerseits und die Tilgung von Klassenunterschieden andererseits. Lisa, die schüchterne Lisa, traute sich auszusprechen, was viele dachten.

»Wir alle stressen uns doch jeden Morgen, was wir anziehen sollen. Das wäre überhaupt nicht nötig, wenn wir alle dieselbe Uniform tragen würden.«

Es war, als hätten die Schüler auf so etwas gewartet. Auf einmal wurde nicht mehr die Uniform an sich infrage gestellt, sondern darüber diskutiert, *wie* sie sein sollte. Schlicht, preiswert, damit sie für jeden erschwinglich sei, wodurch Markenklamotten natürlich ausfielen. Nur Mona verfolgte das Ganze mit einer gewissen Verachtung und warf hin und wieder Bemerkungen ein, die Rainer im üblichen Unterricht unbedingt unterstützt und zur Diskussion gestellt hätte. Aber dies hier war kein üblicher Unterricht. Er verfolgte ein Ziel.

»Was haltet ihr denn davon, wenn wir für die Dauer der Projektwoche so eine Art Schuluniform einführten?«

»Und was?«, fragte Karo.

»Na ja, Jeans und weißes Hemd. Das hat doch jeder.«

Kaschi stand auf. »Also, ich hab kein weißes Hemd.«

Jens zog die Augenbrauen hoch. »Dann kaufst du dir eben eins. Das kostet doch nichts.«

»Jens, steh bitte auf«, befahl Rainer.

Kaschi stand immer noch. Verlegen schüttelte er den Kopf. »Dafür geb' ich doch kein Geld aus.«

Jens sah ihn einen Moment an. »Also – ich hab zwei weiße Hemden zu Hause. Du könntest eins von mir haben.«

Rainer strahlte. »Das nenn ich Teamgeist. Sehr gut.«

Kaschi nickte. Jens setzte sich. Und als Karo ihn anerkennend anlächelte, erwiderte er das Lächeln stolz.

Karos Begeisterung über die Aktion »Weißes Hemd« ließ rapide nach, als sie am Nachmittag im begehbaren Kleiderschrank ihres Hauses stand und sich im Spiegel betrachtete. Sie probierte es zugeknöpft, mit zwei Knöpfen am Kragen offen, mit aufgekrempelten Ärmeln und im Rücken zusammengefasst, damit das Hemd auf Taille saß. Sie drehte und wendete sich, stellte den Kragen hoch, verzog das Gesicht, klappte ihn wieder runter. Sie konnte machen, was sie wollte, dieses weiße Hemd …

Ihre Mutter betrat das Ankleidezimmer. Karo bedachte sie mit einem bösen Blick.

»Entschuldige mal«, sagte Sabine, »aber meine Sachen hängen auch hier.« Sie räumte die Wäsche in ihren Schrank und wollte gerade wieder gehen, als sie bemerkte, wie ihre Tochter aussah. »Wo willst du denn hin?«

»Wieso?«, fragte Karo zögernd.

Sabine zog spöttisch die Brauen hoch. »Du siehst aus wie von der Klosterschule.«

Karo straffte die Schultern. »Also – mir gefällt's.« Sie machte kehrt und ließ ihre Mutter stehen.

Ihr könnt mich doch alle mal.

MITTWOCH

6

In feuerroter, ärmelloser Bluse rannte Karo fast durch die Gänge zum Kursraum. Streit mit Marco war kein guter Start in den Tag. Marco hatte sie – in Jeans und weißem Hemd – wie immer von zu Hause abgeholt und sofort begonnen, auf sie einzureden. Hätten sie es nicht alle beschlossen? Warum machte sie nicht mit? Sie hatte ihn angefaucht, dass sie keine Lust habe, sich wegen eines dämlichen Hemds zu rechtfertigen, und dass Weiß ihr außerdem nicht stehe. Marco war enervierend ruhig geblieben und hatte sie darauf hingewiesen, dass es doch genau diese Art von Egoismus sei, die Herr Wenger damit eliminieren wollte.

Herrgott noch mal. Was ging hier eigentlich ab? Musste sie sich wirklich ausgerechnet von Marco sagen lassen, was sie anzuziehen hatte? Oder von Rainer Wenger? Oder von irgendjemandem sonst?

Wütend riss sie die Klassentür auf, trat ein und blickte wie vom Donner gerührt auf ihre Klassenkameraden. Ihr war klar, dass das nicht ihr Tag werden würde.

Rainer betrat den Klassenraum, nahm augenblicklich das Meer aus weißen Hemden und Jeans wahr und tat, als fiele es ihm nicht weiter auf. Äußerlich ungerührt wandte er sich seiner Klasse zu und deutete auf drei Schüler, die nach ihm eingetreten waren – noch im individuellen modischen Outfit.

»Mona hat den Kurs gewechselt«, sagte er einleitend. »Dafür haben wir noch mal Zuwachs bekommen. Damit sind wir absolut voll.«

Dass Mona ihre Sachen gepackt hatte, war zu erwarten gewesen, aber Rainer hätte nicht mit Sicherheit sagen können, was er deswegen empfand. Die Rebellin war fort; einerseits war das Arbeiten an dem Projekt nun viel einfacher. Andererseits war Mona ein wichtiges Korrektiv gewesen. Rainer hatte schon gestern eine merkwürdige Beklemmung beschlichen, als er die Kids zum Marschieren gebracht hatte. Sicher, die Assoziation mit einem Truppenaufmarsch lag nahe. Als Mensch mit politischem Bewusstsein musste ihn nachdenklich stimmen, dass seine Schüler – und er selbst! – das mit so viel Spaß getan hatten. Aber im Grunde war es ja nur ein Projekt, wie alle im Kurs genau wussten. Sie spielten nur etwas durch. Und diese kleinen Spielereien weckten das soziale Denken, stärkten den Gemeinschaftssinn und förderten das Miteinander – daran war nichts Schlechtes. Doch das Unbehagen war nicht nur über Nacht geblieben, sondern hatte sich noch verstärkt, als er heute Morgen sein einziges weißes Hemd aus dem Schrank geholt hatte. Fast hatte er gehofft, dass seine Klasse gegen die neue Kleiderordnung rebellierte. Wie Mona es eindeutig getan hatte, indem sie bei Frau Dr. Kohlhage um einen Kurswechsel gebeten hatte.

Und Karo? Mit ihrem roten Oberteil zwischen all den weißen Hemden sah sie aus wie ein Feuermelder im Schnee. Nein, Karo rebellierte nicht wirklich. Karo hatte es getan, um jemandem etwas zu beweisen, da war er sich sicher. Sich selbst? Marco? Ihm – Rainer? *Herrn Wenger?*

Solche Elemente waren der Gemeinschaft nicht nützlich.

Und seinem Projekt nicht förderlich. Sie unterminierten die Grundidee. Kleine Lektion gefällig?

Dennis meldete sich.

»Dennis?«

Der Junge stand auf und sah sich um – stolz, wie es schien. »Jetzt, wo wir so viele sind«, sagte er, »brauchen wir doch auf jeden Fall einen Namen, oder?«

»Sehr gut«, sagte Rainer. Dennis lächelte zufrieden. »Das wäre auch mein nächster Punkt gewesen. Irgendwelche Vorschläge?«

Die Hände hoben sich, es hagelte Namen. Witzige, ernst gemeinte, holprige – Terror Squad, die Basis, das Zentrum, die Welle und so weiter. Schließlich waren alle Wortmeldungen abgehakt, nur Karo meldete sich noch immer.

»Sonst noch irgendjemand eine Idee?« Rainer blickte sich um, sah über Karo hinweg. »Niemand?«

Karo ließ die Hand oben. Rainer konnte nicht anders – er musste sie für ihre Beharrlichkeit bewundern. Er dehnte das Schweigen noch ein bisschen aus, dann tat er, als entdecke er sie erst jetzt. »Karo?«

Karo stand auf. Man konnte sehen, dass ihr zum Heulen war, aber sie zog es durch.

Respekt.

»Die Veränderer?«

»Die Veränderer«, wiederholte Rainer. »Gut. Ich schreibe mal ein paar Namen auf.«

Am liebsten hätte Karo sich übergeben. Am liebsten quer über den Tisch, sozusagen als Statement zu dieser Stunde. Ihr rotes Top brannte ihr auf der Haut, sie fühlte sich bloßgestellt, isoliert und zutiefst gekränkt, dass Rainer sie tatsächlich übergangen hatte. Als die Schüler nun abstimmten, wusste sie genau, dass niemand ihren Vorschlag annehmen würde. Man wandte sich kollektiv von ihr ab, nicht einmal Marco schien zu ihr zu halten.

Gott, was war hier nur passiert?

Gestern hatte sie doch noch so viel Spaß gehabt, hatte Rainers Unterricht glühend verteidigt, hatte sich für das Projekt starkgemacht. Heute war sie eine Außenseiterin.

Wegen eines verdammten, dämlichen roten Tops!

Die Schüler applaudierten. Der Vorschlag »Die Welle« hatte die meisten Stimmen bekommen. Marcos Vorschlag natürlich – was sollte ein Kerl, der Wasserball spielte, auch sonst für eine Idee haben. »Strudel« vielleicht noch, aber das war vermutlich nicht kernig genug.

Unter dem Applaus der Klasse ging Rainer zu Marco und klatschte ihn ab. Jetzt waren sie also die »Welle«.

Nein, *die* waren die Welle – sie, Karo, nicht.

Die Erkenntnis war wie ein Schock. Wie in Trance hörte Karo zu, wie Rainer »die nächste Stufe« ankündigte, sah wie er »Macht durch Handeln« an die Tafel schrieb.

Macht? Wieso eigentlich Macht?

»Was nützen all die guten Ideen, wenn man auf dem Hintern sitzen bleibt und nicht danach handelt!«, fuhr Rainer fort. »Ich möchte, dass ihr eure gesamte Kreativität der Welle zur Verfügung stellt.«

Und dann begann er, Aufgaben zu verteilen. Sinan sollte das Logo entwerfen. Kaschi wollte ein Profil bei MySpace erstellen, Tim würde die Homepage bauen. Und plötzlich hatte jeder eine Idee, jeder wollte etwas beisteuern. Sie überboten sich förmlich in einem freundschaftlichen Wettbewerb, und jeder schien sich vor allem Rainers Anerkennung verdienen zu wollen. Ihr Freund Marco, ihre Freundin Lisa, ihr Sitznachbar Jens – sogar der Klassentrottel Tim Stoltefuss. Alle – alle benahmen sich plötzlich wie kleine Kinder, die sich eine Bretterhütte im Garten zusammengezimmert hatten und passend dazu nun eine Geheimbande gründen wollten. Nur Karo durfte nicht mitspielen.

Bloß waren sie keine kleinen Kinder mehr. Bei Kindern musste man noch akzeptieren, dass sie grausam sein und andere ausgrenzen konnten. Sie mussten Sozialverhalten ja erst noch lernen.

Und Rainer saß auf seinem Pult, lächelte und sah ... einfach nur vergnügt aus.

Wenn es doch bloß kindisch wäre!

Karo war plötzlich kalt.

Tim versuchte, seine Tasche unter dem Sitz seines Rollers zu verstauen, aber das blöde Ding sperrte sich. Am liebsten hätte er gegen die Kiste getreten. Er wollte nach Hause, er wollte diese verdammte Homepage erstellen, er wollte ... er wollte nachdenken. Er fühlte sich aufgedreht und gleichzeitig niedergeschlagen. Die Welle. Er wollte jemandem erzählen, wie er sich fühlte, und wusste gleichzeitig, dass er es nicht in Worte fassen konnte. Teil der Welle zu sein, versetzte ihn in Hochstimmung. Aber es war auch, als würde er in einer Startbox eingepfercht sein, und niemand drückte den Knopf, der die Tür auffliegen ließ. Er rannte auf der Stelle, barst vor Energie, aber er konnte sie nicht loswerden. Er wollte mehr tun, mehr Einfluss haben, sich hervorheben. Er hatte ein Internetprofil erstellen wollen, aber Kaschi war ihm zuvorgekommen. Rainers Vorschlag, es gemeinsam zu machen, hatte Tim rundweg abgelehnt. Auch wenn sie jetzt die Welle waren und die Gemeinschaft zählte – mit Kaschi konnte Tim noch immer nicht viel anfangen. Kaschi war viel zu larifari, viel zu »locker drauf«, wie er es vermutlich nennen würde. Sein Profil würde mit Gags und coolen Sprüchen durchzogen sein, und das war es nicht, was die Welle brauchte. Die Welle brauchte eine Ausstrahlung von Ernsthaftigkeit, von Kraft, von Kompromisslosigkeit.

Aber gut – dann eben die Homepage. Er würde eine Homepage zusammenbasteln, die die anderen zum Staunen brachte. Er würde sich selbst übertreffen. Rainer Wenger würde stolz auf ihn sein.

Und sein Vater natürlich auch. Wenn er nur einmal zuhören würde! Als er vorgestern beim Abendessen versucht hatte, ihm die Stimmung in Herrn Wengers Kurs zu schildern, hatte sein Vater nur missbilligend gefragt, ob man heutzutage nicht mehr in die Schule ging, um zu lernen. Seine Mutter hatte bereits nervös lächelnd von einem zum anderen gesehen, aber Tim hatte sich nicht ausbremsen lassen. Er war sicher gewesen, nun seinem Vater den Wind aus den Segeln nehmen zu können. Disziplin, das war doch ganz das Ding seines Vaters, oder? »Jetzt müssen wir jedes Mal aufstehen, wenn wir was sagen wollen. Und er hat uns beigebracht, wie man Fragen kurz und knapp beantwortet.« Sein Vater hatte nicht einmal aufgeblickt, als er sich ein Stück Hirschbraten in den Mund schob.

»Sehr schön«, hatte er gesagt. »Und warum hältst du dich nicht daran?«

Hastig hatte seine Mutter ihrem Sohn ein weiteres Stück

Fleisch auf den Teller gelegt, aber Tims Appetit hatte sich bereits in Luft aufgelöst.

Die Welle aber, die Homepage – das war etwas, was das Interesse seines Vaters wecken würde. Vielleicht würden sie bald zusammen am Tisch sitzen und diskutieren, wie man die Bewegung durchstrukturieren konnte. Wenn er nur endlich losstürmen dürfte. Wenn er nur ...

»Ey, alles klar, Alter?«

Tim hatte endlich seine Tasche verstaut und blickte auf. Zecke und Kulle, zwei Punks, die aus unerfindlichen Gründen auf dieses Gymnasium gehen durften, näherten sich ihm. Er reagierte nicht auf den Gruß der beiden, sondern nahm seinen Helm. Er wollte endlich nach Hause.

»Hör mal«, fuhr Zecke fort, als sie ihn erreicht hatten. »Ein Kollege von mir sitzt gerade auf dem Trockenen, und ich hab gehört, du kommst an Kiffe ran.«

Drogenscheiß. Dealerei. Das war vorbei.

»Ich zahl auch dafür, Alter«, sagte Zecke.

Tim sah ihn nicht einmal an. »Geh doch zum Bahnhof.«

Zecke traute seinen Ohren offenbar nicht. »Hä?«

»Für so Anarchos wie euch gibt's nichts«, sagte Tim und klickte den Helmverschluss unterm Kinn zu.

Die Punks erholten sich schnell von ihrer Überraschung. »He, was soll denn das jetzt heißen?« Sie traten näher an Tim heran, zu nah, hatten fast Körperkontakt. »Was hast du denn überhaupt für ein schickes Hemdchen an?«, sagte Kulle und zupfte an Tims Kragen. Tim fuhr zurück, doch sie rückten nach, rempelten ihn an.

Tim sprang nach hinten. »Lasst mich in Ruhe, ihr Wichser!«, brüllte er.

Das war ganz nach Zeckes und Kulles Geschmack. Sie kreisten ihn ein, schubsten, begannen sichtlich Spaß an der Sache zu finden. »Hey, hey, bleib mal ganz ruhig«, sagte Zecke. »Ist doch nichts passiert.«

Tim stieß ihre Hände weg. *Verdammt.* Gegen die zwei hatte er kaum eine Chance. Er war nicht besonders kräftig, und allein mit den Fäusten würde er sich niemals gegen die beiden wehren können.

Und dann geschah das kleine Wunder.

Bomber und Sinan kamen im Laufschritt auf sie zu. Bomber versetzte Kulle einen Stoß, der ihn zurücktaumeln ließ. Zecke wich automatisch ebenfalls zurück.

»Gibt's hier ein Problem, oder was?«, fragte Bomber drohend.

Kulle und Zecke musterten spöttisch die weißen Hemden der beiden. »Noch so zwei«, murmelte Zecke.

Sinan trat vor. »*Was* ist los?«

Kulle grinste. »Habt ihr hier so ein Gangding am Laufen oder was?«

Bomber ging nicht darauf ein. »Wenn ihr Tim nicht in Ruhe lasst, gibt's Klatsche, verstanden?«

»Schon okay«, sagte Kulle und wandte sich betont langsam zum Gehen. »Fascho-Arschlöcher«, murmelte er verächtlich. Aber sie zogen ab.

Alle drei sahen den Punks einen Moment hinterher. Dann wandten Sinan und Bomber sich Tim zu.

Tim betastete das Loch an seiner Schulter. »Die Wichser haben mein Hemd zerrissen.«

Sinan betrachtete ihn mit einem Kopfschütteln. »Du darfst dich von den Typen nicht so rumschubsen lassen.«

Plötzlich war Tim zum Lächeln zumute. »Aber ihr wart da.«
Sinan und Bomber warfen sich einen Blick zu.

»Wir sind aber auch nicht immer zur Stelle«, sagte Bomber ruhig.

Einen Moment lang schwiegen alle drei. Dann schien sich Sinan zu einem Entschluss durchzuringen. »Hey, Tim«, begann er. »Ich geb dir mal meine Nummer. Wenn die Stricher«, er deutete über seine Schulter, »mal wieder Ärger machen, dann rufst du mich an, okay?«

Ja! Tim konnte das Grinsen nicht mehr abstellen. Zum ersten Mal hatte ihn einer seiner Mitschüler mit Vornamen angeredet.

Karo wurde das ekelige Gefühl im Magen einfach nicht los. Den ganzen Nachmittag hatte sie versucht, sich auf Spanisch zu konzentrieren, und nicht einmal das Surfen im Internet hatte sie ablenken oder ihre Laune bessern können. Marco hatte sie nach dem Kurs gebeten, noch einen Kaffee mit ihm zu trinken, aber sie hatte trotzig abgelehnt. Sie konnte ihm nicht verzeihen, dass er in der Klasse nicht zu ihr gehalten hatte, und dass er anschließend mit Lisa abgezogen war, hatte an ihrem Ärger nichts geändert.

Es war nicht so, dass sie eifersüchtig war – bestimmt nicht. Sie war sich Marco sehr sicher. Und selbst wenn nicht, Marco interessierte sich nicht ausgerechnet für Lisa. Die Vorstellung, die beiden würden zusammen etwas anderes tun als reden, war lächerlich. Lisa war das exakte Gegenteil von ihr.

Und wenn genau das den Reiz ausmacht?, flüsterte eine leise Stimme in ihr.

Unsinn. Totaler Unsinn.

Die beiden hatten vermutlich im Café gesessen, ihren Kaffee getrunken und über sie gesprochen. Marco hatte Lisa seine Sorgen gestanden, und Lisa hatte versucht, sie ihm zu nehmen.

Wenn sie nur nicht das dumpfe Gefühl gehabt hätte, dass die beiden heute vielleicht ein anderes Gesprächsthema als »Karo« gehabt hatten.

Das Blöde war, dass Lisa sich überhaupt nicht dazu äußerte. Und Karo würde den Teufel tun und sie danach fragen. Seit Lisa vor ein paar Minuten bei ihr eingetroffen war, sprach sie nur von der Theaterprobe. Die ohne Karo stattgefunden hatte.

Karo hatte die Probe keinesfalls vergessen. Sie hatte bloß nach diesem Vormittag als Paria in einer Gruppe von Uniformierten keine Lust gehabt, sich noch eine Portion schlechte Laune abzuholen. Zum Beispiel durch Ferdi, der mit seinen dauernden Comedyeinlagen nervte. Oder durch die Mädels der Zweitbesetzung, die aus Neid giftige Bemerkungen über ihren vermeintlichen Mangel an Talent machten. Oh, oder durch Lisas beinahe hundeäugige Bewunderung für ihre tolle Freundin Karo in der Rolle der Claire Zachanassian. Wie ihr das manchmal auf den Geist ging!

Andererseits ... jetzt gerade hätte sie ganz gut ein bisschen kritiklose Bewunderung oder wenigstens Zuspruch von ihrer Freundin gebrauchen können. Die war allerdings vollkommen aus dem Häuschen und schien nicht empfänglich für Karos Stimmung zu sein. Sie hatte noch nicht einmal besorgt nachgefragt, wieso Karo in den letzten Stunden für niemanden erreichbar gewesen war. Natürlich hatte Karo mitbekommen, dass alle möglichen Leute sie anzurufen versucht hatten. Übers Festnetz – da hatte sie sich verleugnen lassen – und über die Handymailbox. Marco war mit jedem Anruf besorgter geworden, Dennis immer verzweifelter. Aber beide hatten es verdient. *Wäre fein gewesen, wenn ihr mich heute in der Schule ein bisschen unterstützt hättet.*

Doch während sie Lisas Wortschwall über sich ergehen ließ, keimte in ihr der Verdacht auf, dass die Idee vielleicht doch nicht so klug gewesen war. Dennis hatte keinesfalls die Probe abgeblasen und war flehend zu ihr nach Hause gekommen. Wenn man Lisa glauben durfte, hatte er plötzlich auf den Tisch gehauen und erklärt, die anderen sollten gefälligst endlich einmal das tun, was er von ihnen wollte. Er hatte kurzerhand ihre Hauptrolle an Maja weitergegeben, Ferdi angeschnauzt, er solle sich zusammenreißen und sich seine Faxen sparen, und Lisa für Majas ursprünglichen Part besetzt. Und es schien toll gelaufen zu sein. Das jedenfalls war die Essenz von Lisas aufgeregtem Geblubber.

Zu allem Überfluss warf Lisa sich jetzt auch noch neben Karo aufs Bett und drückte ihr ihr Handy in die Hand. Sie hatte sich bei der Probe filmen lassen.

Stumm sah Karo auf das kleine Display. Sie wusste, dass Lisa ein Lob hören wollte, aber sie brachte es nicht über die Lippen.

»Dennis meint, ich hab das echt gut gemacht«, sagte ihre Freundin jetzt ein bisschen verunsichert.

»Und Maja spielt jetzt also meine Rolle.« Maja, die nun auch im Autokratiekurs saß und zur »Welle« gehörte – Gott, war dieser Name dämlich.

Lisa senkte verlegen den Kopf. »Na ja ... war ja nur mal ein Versuch.« Sie warf ihr einen kurzen Seitenblick zu. »Warum bist du denn nicht gekommen?«

Na endlich. *Danke der Nachfrage.* »Mir ging's halt nicht gut.« Sie wusste, dass Lisa wusste, dass es so einfach nicht war. Karo blickte wieder aufs Display, auf dem ein ernsthafter Ferdi eine ernsthafte Rolle spielte. »Und plötzlich hält sich Ferdi an den Text, ja?«

Lisa grinste. »Ich sag ja – Dennis hat ihm mal richtig gezeigt, wo's langgeht.«

Kaum vorstellbar, dachte Karo, *aber bestimmt sehenswert.* Und dann quoll der Frust mit aller Macht in ihr hoch, und sie musste endlich aussprechen, was sich langsam zur Gewissheit herausbildete. »Habt ihr euch jetzt alle gegen mich verschworen mit euren weißen Hemden?«

Lisa sah sie unbeirrt an, aber sie schien kaum merklich zusammenzuzucken. »So ein Quatsch.«

»Aber jetzt, da ich nicht mehr da bin, da läuft es.« Es war eine Feststellung, trotzig formuliert, und sie wünschte sich einen prompten Widerspruch.

Aber den Gefallen tat Lisa ihr nicht. »Karo, du bist doch nur sauer, weil wir heute Morgen nicht deinen Vorschlag genommen haben.«

Karo glaubte, sie hätte sich verhört. »Wie bitte?«

Irgendetwas war mit Lisa geschehen. Normalerweise hätte sie ihre Worte sofort relativiert. Aber stattdessen schien sie jetzt erst richtig in Fahrt zu kommen. »Sag mal, merkst du nicht, wie du allen auf die Nerven gehst mit deiner bestimmenden Art?«

Karo musste schlucken. »Spinnst du jetzt, oder was?«

»Hast du dir vielleicht mal Gedanken gemacht, dass Marco gar keinen Bock hat, dir nach Spanien hinterherzuziehen?«

»Wie kommst du denn darauf?«

»Weil er es mir vielleicht erzählt hat?«

Die Wut stieg in ihr hoch. Was bildete sich Lisa eigentlich ein? Und was bildete Marco sich ein?

»Ach, das hat er dir erzählt? Was denn noch – wie oft wir Sex haben, oder was?«

Lisa stand auf. »Du bist so scheiße, weißt du das?«, sagte sie mit Tränen in der Stimme.

»*Ich* bin scheiße?« Karo schnappte nach Luft. Lisa hatte sie noch nie kritisiert – und beleidigt schon gar nicht! »Ich möchte dich mal sehen, wenn ich mit deinem Freund über eure Beziehungsprobleme rede.«

Lisa hatte sich wieder etwas gefangen. Sie hob ihre Jacke vom Boden auf und zog sie an. »Ich habe aber keine Beziehungsprobleme, weil ich keine Beziehung *habe*. Und einen Freund auch nicht, falls du's noch nicht mitbekommen hast. Aber es geht ja sowieso immer nur um dich.« Sie bückte sich, um ihre Tasche aufzuheben. »Weißt du was? Maja war heute richtig gut, viel besser als du. Aber dir geht's ja sowieso nicht um die Rolle.« Lisas Stimme wurde lauter. »Du bist doch nur deswegen so angefressen, weil es seit der Welle nicht mehr nach deiner Nase geht.« Sie rupfte Karo, die sie fassungslos anstarrte, ihr Handy aus der Hand. »Ist ein Scheißgefühl, oder?« Sie riss die Zimmertür auf und warf ihr noch einen letzten Blick zu. »Gewöhn dich dran.«

Die Tür fiel zu.

Wie erstarrt saß Karo auf ihrem Bett, die Hände im Schoß, den Blick zu Boden gerichtet, vollkommen reglos. Denken war nicht drin. Denken war vielleicht morgen möglich. Jetzt musste es erst einmal das heulende Elend sein.

Rainer saß an seinem Computer an der komplett verglasten Schmalseite seines Hausbootes. Das kleine, hellgrau getäfelte Zimmer war wie ein Wintergarten, und Rainer liebte den Blick aufs Wasser, das Licht, das hereinströmte, und das leichte Schwanken, wenn der See in Bewegung geriet. Er liebte das gesamte kleine, marode Haus, an dessen Isolierung er schon vergangenen Sommer hatte arbeiten wollen.

Nun, es würden andere Sommer kommen. Im Augenblick hatte er weder einen Blick für den See noch einen Kopf für Renovierungsarbeiten.

Er klickte sich durchs Netz, fand, was er gesucht hatte, und war begeistert. Er hörte, wie die Eingangstür sich öffnete und Anke seinen Namen rief.

Sie kam zu ihm, küsste ihn und wollte sich abwenden, aber er hielt sie an der Hand fest. »Warte mal. Ich will dir was zeigen.«

Anke beugte sich über seine Schulter und sah auf den Monitor. Rainer hatte eine Internetseite aufgerufen, auf der in der linken oberen Ecke der Name »Die Welle« auf einer schwarzen, stilisierten – na ja, eben einer Welle prangte. Darunter standen die Leitsätze, die sie im Unterricht erarbeitet hatten: »Macht durch Disziplin, Macht durch Gemeinschaft, Macht durch Handeln.« Auf der rechten Hälfte war ein Gruppenfoto einiger Schüler in weißen Hemden zu sehen; alle strahlten in die Kamera, darüber eine Erklärung, dass die »Welle« in einer Projektwoche entstanden und eine Bewegung war, bei der jeder mitmachen könne. Rainer scrollte die Seite herunter. Unter dem Gruppenfoto befanden sich Einzelfotos der sogenannten »Freunde« der Welle, all seine Schüler aus dem Kurs und ein paar aus anderen Klassen, unter »Neuzugänge« stand sogar Leon, Karos Bruder. Die Seite war eindeutig noch im Aufbau, aber – wow! Das war es im Wesentlichen, was Rainer dabei empfand: Wow!

Anke starrte schweigend auf den Bildschirm.

»Du weißt doch, was Kaschi für ein Hänger ist, oder?«, fragte Rainer, ohne sein Entzücken verbergen zu können.

»Hm.«

»Er hat heute Nachmittag bei MySpace eine Seite gemacht, und schon sind wir online. Ist doch geil!« Rainer grinste Anke breit an.

Anke richtete sich wieder auf und wandte sich ab. »Supergeil«, sagte sie tonlos und ging.

Nanu? Rainer war verwirrt. Was war das Problem? Mit einem letzten Blick auf die Seite stand er auf und folgte seiner Frau ins Schlafzimmer. Während sie sich den Mantel auszog, blieb er im Türrahmen stehen. »Kaschi ist total motiviert«, erklärte er ihr und ärgerte sich gleichzeitig, dass er sich so anhörte, als rechtfertige er sich. Er kam sich plötzlich vor wie ein kleiner Junge, der zwar wusste, dass er etwas angestellt hatte, nicht aber, was genau. »Die Kids machen gerade eine richtige Veränderung durch.«

Anke musste sich strecken, um an den Bügel zu kommen, der oben an der Schranktür hing. Es fiel ihr sichtlich schwer mit dem dicken Bauch, aber ihre Miene blieb reglos. »Ja. Sieht man ja auch – ihr mit euren weißen Hemden.« Jetzt wandte sie sich ihm kurz zu, musterte demonstrativ sein Outfit und hängte ihren Mantel auf den Bügel.

Himmel – seit wann sind Hemd und Jeans nicht in Ordnung? »Okay, ich bin noch nicht dazu gekommen mich umzuziehen.« Er hob die Schultern.

Anke hängte den Bügel an den Schrank. »Im Kollegium reden sie auch schon über dich.«

Damit hatte sie ihn auf dem falschen Fuß erwischt. Seine gute Laune, seine Begeisterung waren wie weggeblasen. Was war los mit ihr? »Das ist mir scheißegal, das haben die schon immer gemacht.« Und das gefiel ihm so. »Aber seit wann interessiert dich das?«

Zum ersten Mal sah sie ihn direkt an. Und zwar so lange, dass er sich unbehaglich fühlte. Sie sah ihn an, als ob sie ihn nicht wirklich kannte. »Ich sag ja nur«, meinte sie schließlich.

Rainer machte kehrt und ging zu seinem Computer zurück. Er klickte die Seite weg. Er hatte noch Unterricht vorzubereiten.

7

Eine Rund-SMS hatte sie gerufen. Sie trafen in Autos, auf Zweirädern, auf Skateboards und zu Fuß ein und wurden immer mehr. Im Scheinwerferlicht einiger Autos wurde eine große Pappschablone abgerollt und an die Betonmauer des alten Fabrikhofs gehalten.

Sinan sprühte. Als er die Schablone abzog, prangte an der Mauer eine blutrote Welle, die sich auftürmte und kurz davor zu stehen schien, zu brechen und mit ungeheurer Kraft in brodelnder Gischt ans Ufer zu spülen.

Sinan erklärte stolz, dass dies nun ihr Zeichen sei. Die Welle-Kids standen im Halbkreis um die Mauer und spürten eine kollektive Erregung. Heute Mittag hatte ihre Bewegung einen Namen bekommen, heute Nachmittag Kontur und ein Profil. Seit heute Abend hatte die Welle ein Logo, das niemand übersehen konnte, niemand kopieren konnte, das etwas bedeutete. Die Welle symbolisierte sie alle, die sich hier versammelt hatten, um ihrer Stadt zu zeigen, dass es sie gab.

Ein dunkler BMW fuhr mit Vollgas auf den Hof und bremste quietschend ab. Der Wagen von Kevins Vater. Bomber, Kevin und Schädel stiegen aus und kamen auf die Truppe vor der Mauer zu.

Tim, in Army-Tarnjacke über einem Kapuzenpulli, sah den Neuankömmlingen misstrauisch entgegen. »Was macht der denn hier?« Er musste nicht erklären, dass er Kevin meinte.

»Was willst du denn, du Spast?«, fragte Kevin verächtlich. Er überragte Tim um beinahe einen Kopf. »Du kannst froh sein, dass du überhaupt mitkommen darfst.«

Sinan mischte sich ein. »Hört auf, Jungs. Die Welle ist eine Bewegung. Jeder darf mitmachen, der sich der Sache verbunden fühlt.«

Marco trat einen Schritt vor und verschränkte die Arme vor der Brust.

»Nee, Tim hat Recht. Kevin wollte von Anfang an nicht mitmachen. Warum also jetzt auf einmal?«

Einen Moment lang hing eine unausgesprochene Drohung in der Luft.

»Jetzt stell dich mal nicht so an«, ging Bomber dazwischen. »Kevin hat fünftausend Aufkleber drucken lassen. Das zeigt doch, dass er ein würdiges Welle-Mitglied ist, oder?«

»Ja, sponsored by Daddy«, sagte Marco sarkastisch. »Ich finde, Herr Wenger sollte entscheiden, ob Kevin mitmachen darf oder nicht.«

Sinan war anderer Meinung. »Rainer hat uns doch was von Gemeinschaft erzählt. Nur gemeinsam sind wir stark.« Er deutete mit einer umfassenden Geste auf die anderen, die sich hinter sie gestellt hatten.

Schädel hatte keine Lust mehr, die Zeit mit Diskussionen zu verbringen. »Keine Ahnung, was ihr hier für eine Sache laufen habt. Aber euer Herr Wenger hätte bestimmt auch ein Problem damit, wenn wir die ganze Stadt taggen.«

Das war Kaschis Stichwort. Er tauchte hinter Marco auf und klopfte ihm auf die Schulter. »Ich finde auch, ihr nehmt die ganze Sache ein bisschen zu ernst. Wir wollen doch Spaß haben, oder?«

Sinan sah Marco an, der sich mit Kevin noch immer ein Blickduell lieferte.

»Also?«, fragte Sinan.

Ein paar Sekunden noch starrten sie einander an. Dann trat Kevin einen Schritt vor und hielt Marco die Hand hin. Eher widerstrebend schlug Marco ein.

»Okay, es geht los.«

Es war cool. So cool. Sie rannten durch die nächtlichen Straßen, so viele und doch wie eins, vereint in ihrem Ziel wie eine Welle, die die Stadt überschwemmte. Bewaffnet mit Schablonen, Spraydosen, Aufklebern, vermummt mit Mützen, Sturmhauben, Kapuzen drangen sie in Garagen, Parkhäuser, Einkaufszentren und Kneipen ein. Blitzschnell sprühten sie ihr Logo auf Häuserwände, auf Mauern, über fremde Graffiti, klebten es an Glasscheiben, verteilten Zettel und Aufkleber. Bald schon prangte die Welle in Rot oder Schwarz auf Satellitenschüsseln, Taxis, auf Denkmälern und Monumenten, auf Automaten, Mülleimern, Straßenschildern. Die Rufe, das Johlen, das Lachen und die erschreckten Schreie der Passanten waren wie eine unerschöpfliche Energiequelle, pushten sie, trieben sie weiter, ließen sie immer schneller, immer perfekter, immer verwegener werden. Sie sprangen Treppen hinauf, balancierten übermütig auf Mauern, lärmten mit Skateboards über Bürgersteige, stürmten Restaurants, verschwanden blitzschnell wieder und hinterließen überall ihr Zeichen. Sie trauten sich, weil sie nicht allein waren. Weil sie es gemeinsam taten und weil einer den anderen schützen, decken, aus der Patsche holen würde. Und die Angst, die sie hinterließen, weil die anderen nicht wussten, was die Stadt da überrollte, versetzte ihnen einen Adrenalinkick, den keiner von ihnen in dieser Form je gespürt hatte. Macht durch Gemeinschaft, Macht durch Handeln. Sie waren die Welle und nun kannte sie jeder. Es war wie ein Rausch ...

Es war überwältigend. Sie waren durch die ganze Stadt gerannt, hatten gesprayt, geklebt und die brave Bevölkerung aufgeschreckt, bis sie keine Aufkleber mehr hatten, bis die ersten Mitglieder zurückblieben, bis die Energie abzuebben begann. Jetzt waren sie nur noch zu fünft, Sinan, Kevin, Bomber, Schädel und er, Tim. Er, Tim, mit der coolsten Gang der Schule, und es brauchte kein teures Dope, um zu ihnen zu gehören.

Das Adrenalin strömte immer noch durch Tims Adern, als sie den Marktplatz erreichten. Am Rand blieben sie stehen, unschlüssig, ob sie sich auf den offenen Platz hinauswagen sollten, jetzt, da sie nur noch wenige waren. Die anderen waren bestimmt schon nach Hause gegangen oder in irgendwelche Bars eingefallen, um ihre Aktion zu feiern.

Bald würden die Bullen kommen; sie hatten so viel Unruhe in der Stadt gestiftet, dass irgendjemand garantiert zum Telefon gegriffen hatte. Natürlich hatte niemand sie erkennen können, es bestand also keine Gefahr, wegen Sachbeschädigung festgenommen zu werden. Andererseits bedauerte Tim, dass niemand wissen würde, wer die »Operation Welle« durchgeführt hatte. Na ja ... niemand? Alle, die der Welle angehörten, wussten es, und alle, die sich der Welle anschließen wollten, würden es erfahren.

Sie sahen einen Moment unschlüssig über den Platz, der wie ausgestorben dalag. Geschäfte säumten die gepflasterte Fläche, die Fassade des altehrwürdigen Rathauses war komplett eingerüstet und mit einer Plane verhängt.

»Wisst ihr, was fett wäre?«, meine Bomber sehnsüchtig. »Wenn wir die Welle da oben dransprühen könnten.« Er deutete auf die Bauplane unterhalb des Glockenturms.

»Wie geil wär das denn«, murmelte Kevin.

Sinan, noch immer das Tuch über Mund und Nase, schüttelte den Kopf. »Lasst uns abhauen.« Er setzte sich in Bewegung und die anderen taten es ihm nach.

Tim hatte die Worte schon ausgesprochen, bevor er sich dessen bewusst war. »Ich mach das.«

Die anderen blieben stehen. Sinan drehte sich nach ihm um. »Was?!«

Er hatte ihre volle Aufmerksamkeit. Ein neuer Adrenalinstoß durchfuhr ihn. Sie alle sahen ihn an, als wäre er vollkommen durchgeknallt. Aber er würde es ihnen beweisen. Tim zog sich die Sturmhaube vom Kopf. »Ich klettere da hoch.«

»Alter, hör auf mit der Scheiße«, sagte Bomber gutmütig.

Sinan hatte weniger Geduld. »Vergiss es. Wir müssen hier weg.«

Nein, dachte Tim, *ich muss da rauf. Ich werd's euch zeigen.*

Ohne ein weiteres Wort und mit entschlossenem Gesichtsausdruck drückte Tim Sinan die Sturmhaube in die Hand und ließ die Jungs stehen. Er hörte noch, wie einer ihm etwas hinterherrief, aber er drehte sich nicht um. Mit energischen Schritten überquerte er den Platz, während er sich seine Kapuze überstreifte. Dies war seine Chance, etwas für die Welle zu tun, dies war seine Chance, etwas zu tun, von dem alle reden würden. Das traute sich so schnell keiner. Und dafür würden sie ihn bewundern.

Er hatte die andere Seite erreicht, quetschte sich durch den Bauzaun und trat an den ersten Gerüstpfeiler. Ohne zu zögern begann er, sich hochzuziehen. Zum Klettern keine Herausforderung, so leicht hinaufzusteigen wie eine Leiter. Tim hätte fast gelacht. Was für Warmduscher die coolen Jungs da unter ihm doch im Prinzip waren. Keinen Mumm, aufs Ganze zu gehen. Nur in der Gruppe waren sie stark.

Aber zu der Gruppe gehörte er nun, und dieses Gefühl war besser als alles, was er bisher erlebt hatte. Sie begannen ihn zu akzeptieren, sie würden ihn bewundern, und sobald sie ihn ganz als ihresgleichen betrachteten, würde er eine andere Rolle in der Gruppe spielen. Warmduscher brauchten jemanden, der sie leitete, und er wusste, dass er dazu fähig war.

Er hielt inne und sah hinab. Inzwischen war er schon ziemlich hoch. Die anderen standen auf dem Platz und beobachteten ihn und einer hielt etwas in den Händen. Tim brauchte einen Moment, um zu erkennen, dass es sich um ein Handy handelte.

Sie fotografierten oder filmten ihn! *Ja!*

Er hatte die erste Gerüstetage erreicht. Es war enorm windig hier oben und er musste sich vom Gerüst an der Plane vorbei auf die Bretter hangeln. Er glaubte, von unten jemanden rufen zu hören, aber er war nicht sicher; die Plane flatterte und das Knallen übertönte beinahe jedes andere Geräusch.

Beinahe.

Nicht jedoch das plötzliche Sirenengeheul. Das flackernde Blaulicht zuckte über die wogende Fassadenabdeckung, und er sah aus dem Augenwinkel, wie die Jungen unten die Beine in die Hand nahmen. Hastig suchte Tim einen Spalt in der Plane, schlüpfte hindurch und legte sich flach auf die Planken. Sein Atem kam stoßweise, sein Herz hämmerte viel zu laut, aber er wusste, dass niemand ihn hier oben sehen konnte. Er musste nur eine Weile abwarten, bis das Blaulicht dort unten verschwunden war, dann konnte er sich an die Arbeit machen.

Und es würde ein enormes Stück Arbeit werden. Aber er hatte Zeit. Notfalls die ganze Nacht.

DONNERSTAG

8

Karo hatte sich nicht die Mühe gemacht, den Wecker zu stellen, um pünktlich zur Schule zu erscheinen. Das Letzte, wonach ihr der Sinn stand, war die Projektwoche, sprich: die Welle. Es musste reichen, wenn sie zur Pause in der Schule erschien.

Nach dem Aufwachen hatte sie automatisch nach dem Handy gegriffen, um auf Marcos Namen zu drücken, es dann aber wütend neben sich aufs Bett geworfen. Sie hatte den ganzen gestrigen Abend versucht, ihn anzurufen, ohne Erfolg. Das Einzige, was sie zu hören bekommen hatte, war die Mailbox oder die freundliche Frauenstimme, die ihr erklärt hatte, dass der Teilnehmer momentan nicht erreichbar sei. Sie hatte es sogar bei ihm zu Hause versucht, obwohl Marco das normalerweise nicht wollte. Er befürchtete, dass seine Mutter ans Telefon gehen und man ihr Lallen hören würde.

Als ob nicht jeder wusste, dass sie trank.

Tatsächlich hatte seine Mutter den Anruf angenommen, und tatsächlich hatte sie bereits genug getrunken, um ein wenig zu nuscheln. Sie war aber noch klar genug gewesen, um Karo mitzuteilen, dass Marco irgendwann am frühen Abend gegangen und noch nicht zurück war. In einem Anfall akuter Eifersucht hatte sie bei Lisa angerufen, bereit, sofort wieder aufzulegen, falls ihre Freundin – falls sie denn noch eine war – rangirge. Aber dort war niemand zu Hause gewesen.

Rainer Wenger (Juergen Vogel) stellt seinen Schülern das Thema »Autokratie« vor.

Marcos (Max Riemelt) Vorschlag, die neue Bewegung »Die Welle« zu nennen, wird von Rainer Wenger begeistert aufgenommen.

Karo (Jennifer Ulrich) weigert sich, die neue »Uniform« der Welle zu tragen.

Für Tim Stoltefuss (Frederick Lau) ist die Sprühaktion die Gelegenheit, einmal den Helden zu spielen.

Zecke und die anderen Punks provozieren eine Schlägerei mit den »Welle-Faschos«.

Karo im Gespräch mit ihrer besten Freundin Lisa (Cristina Do Rego)

Marco und Sinan (Elias M'Barek) auf der »Welle«-Party

Bomber (Maximilian Vollmar) verwehrt Karo und Mona (Amelie Kiefer) den Zutritt zur Schwimmhalle.

Die Flugblattaktion gegen die »Welle«

Rainers Frau Anke (Christiane Paul) ist gegen Rainers Projekt.

Karo versucht mit Rainer über die »Welle« zu reden.

Rainer Wenger hat die Anhänger der »Welle« in der Aula versammelt.

Rainer macht Marco vor den anderen fertig.

Peter Thorwarth (Drehbuch), Ron Jones (der Lehrer, der das Experiment 1967 an der Cubberley Highschool in Palo Alto durchführte) und Dennis Gansel (Regie und Drehbuch)

Marco war nicht erreichbar gewesen, Lisa war nicht erreichbar gewesen. Das musste nichts bedeuten, aber es konnte ...

Nachdem sie sich unter anderem aus diesem Grund in den Schlaf geheult hatte, war sie heute Morgen wie gerädert und stocksauer aufgewacht. Oberteile in Knallfarben ließ sie dennoch im Schrank; das scheußliche Gefühl, zwischen all den weißen Hemden zu leuchten und missbilligende Blicke auf sich zu ziehen, war ihr noch bestens in Erinnerung. Also hatte sie sich für ein neutrales graues T-Shirt entschieden: eindeutig nicht die Welle, aber auch kein schrilles Statement.

Nun, auf dem Weg zur Schule, dachte sie über ihre Optionen nach. Sie musste mit Marco reden, so viel stand fest. Sie hatte zwar nicht vor, ihm sein Verhalten von gestern so schnell zu verzeihen, aber vielleicht hatte sie sich in letzter Zeit zu wenig um ihre Beziehung gekümmert. Vielleicht hatte sie Marco für zu selbstverständlich genommen. Dass er angeblich nicht mit ihr nach Barcelona wollte, saß tief. Aber sie wollte es von ihm selbst hören. Wollte wissen, was er wirklich darüber dachte. Sie würde ihn bestimmt überzeugen können.

Mit Lisa würde sie auch sprechen müssen, aber noch nicht gleich. Sie war noch viel zu wütend auf ihre vermeintliche Freundin. Sie dachte nicht daran, sich als egoistische Ziege hinstellen zu lassen, nur weil Lisa über ihre eigene Schüchternheit frustriert war. Und wenn Lisa tatsächlich dieser Meinung war – warum hatte sie dann so lange gewartet, mit der Sprache rauszurücken? Weil sie vorher keine anderen Freundinnen gehabt hatte? Weil sie sich jetzt plötzlich sicher fühlte und Karo nicht mehr brauchte? So oder so – Karo hatte jeden Grund, stinksauer auf sie zu sein, und das würde sie Lisa auch spüren lassen.

Gegen die leise, eindringliche Stimme, Lisa könnte in ihrer Beurteilung in dem einen oder anderen Punkt Recht haben, konnte sie trotzdem nichts unternehmen.

Karo stieg vom Rad und schob es auf die Fahrradständer zu. Bildete sie sich das nur ein oder liefen heute noch mehr Kids mit weißen Hemden herum? Sie bückte sich, um ihr Fahrrad anzuschließen. Na ja, so außergewöhnlich war das Outfit auch wieder nicht. Es war ja möglich, dass …

»Verpiss dich, dich lassen wir nicht rein«, hörte sie plötzlich eine Kinderstimme, die ihr nur allzu vertraut war.

»Warum?«, fragte eine andere.

»Weil du nicht zur Welle gehörst.«

Karos Kopf fuhr hoch. *Wie bitte?*

Sie sah ihren Bruder und seinen ewig präsenten und ebenso bescheuerten Kumpel vor einem Seiteneingang der Schule stehen. Die beiden hatten die Arme vor der Brust verschränkt und standen breitbeinig wie großkotzige Rausschmeißer vor einem Jungen, der ungefähr im gleichen Alter war wie sie.

Karo war mit wenigen Schritten bei ihnen. »Was ist denn hier los?«

»Die wollen mich nicht durchlassen«, sagte der Junge weinerlich, eindeutig erleichtert, dass eine Oberstufenschülerin ihm zu Hilfe eilte.

Karo wandte sich an Leon. »Was soll denn das? Hast du'n Knall oder was?«

Leon verzog keine Miene. »Dich lassen wir auch nur rein, wenn du den Gruß machst.«

Karo sah verständnislos zu dem anderen Jungen. »Was für einen Gruß denn?«

Er zuckte die Achseln.

Leon und sein Freund machten beide synchron mit dem rechten Arm eine Wellenbewegung vor der Brust, verschränkten sofort danach die Arme wieder und bedachten Karo mit einem breiten, selbstzufriedenen Grinsen.

Das war zu viel! Jetzt war das Maß eindeutig voll. Wortlos drängte sich Karo an den Jüngeren vorbei und rannte beinahe durch die Korridore. Sie musste sofort mit Herrn Wenger – ach, Blödsinn! –, mit Rainer sprechen. Hatten denn hier eigentlich alle den Verstand verloren?

Rainer hatte Hunger. Die ersten beiden Stunden waren recht erfolgreich verlaufen; die Schüler aus seinem Projektunterricht schienen vor Ideen und Elan regelrecht überzuschäumen. Im Klassenzimmer herrschte eine freundliche Kameradschaft, die Stimmung war ausgesprochen gut. Rainer hatte am Rande mitbekommen, dass die Gruppe gestern Abend noch irgendetwas zusammen unternommen hatte, bei dem sich Tim hervorgetan hatte, und das freute ihn. Tim schien förmlich aufzublühen in diesem Kurs, und während er vorher still und in sich gekehrt gewesen war, redete und lachte er plötzlich mit den anderen. Wenn die Welle dazu beitrug, den Jungen in eine Gruppe zu integrieren, dann hatte Rainer tatsächlich etwas erreicht. Obwohl er zugeben musste, dass ihm Tims Eifer manchmal leichtes Unbehagen verursachte.

Und dann hatten die Schüler ihn mit dem »Welle-Gruß« überrascht. Offenbar Bombers Idee. Auch Bomber machte ihn sprachlos. Rainer war sich zwar schon immer recht sicher gewesen, dass dessen Ruppigkeit mehr Fassade als alles andere war, aber dass der große, füllige Kerl plötzlich einen solchen Gemeinschaftssinn an den Tag legte, war dann doch erstaunlich. Einer der Schüler hatte Rainer erzählt, dass auch Kevin wieder dabei war – Bomber musste ihn überredet haben –, und der hatte anscheinend seinen Vater dazu gebracht, der Welle einige Tausend Aufkleber zu drucken. Aus dem, was er von den Gesprächen vor dem Unterricht aufgeschnappt hatte, waren ein paar der Kids gestern Abend in der Stadt gewesen und hatten Aufkleber verteilt. Sie verloren echt keine Zeit.

Kevin war dennoch nicht zum Unterricht erschienen, aber das hatte Rainer auch nicht erwartet. Wer so viel Geld im Rücken hatte, konnte sich eine solche Sturheit leisten, und letztlich war es Rainer egal, was der Bursche machte. Ein Minimum an Mitarbeit durfte er als Lehrer durchaus erwarten, und wenn Kevin nicht wollte, dann …

»Guten Morgen, Herr Wenger. Kann ich Sie mal eben kurz sprechen?«

Karo. Deren Fehlen hatte ihn allerdings durchaus gestört. »Morgen. Ich hab dich im Unterricht vermisst«, sagte er betont gelassen.

Sie ging nicht auf seine Bemerkung ein. »Haben Sie Zeit?«

Er nickte, überlegte einen Moment und führte sie dann in ein kleines, helles Labor, das gerade leer stand. Sie schloss die Tür mit Nachdruck und berichtete ihm, dass ihr Bruder mit einem Freund Schüler daran hinderte, die Schule zu betreten, weil sie nicht zur Welle gehörten.

Rainer wusste, dass das nicht zum Lachen war, aber irgendwie fand er es faszinierend, wie rasch die Welle nach außen schwappte. Dass allerdings Kids anfingen, andere deswegen auszugrenzen – und vor allem vom Unterricht abzuhalten –, ging natürlich gar nicht. Er nickte, als sie geendet hatte.

»Und – konntest du was machen?«

»Na ja, ich hab ihn angepflaumt, was denn sonst?«

»Gut. Ich werde ihn mir auch noch mal vorknöpfen.«

Karo schluckte und sah zu ihm auf. »Und die Welle?«

Rainer zog die Brauen hoch. »Was soll damit sein?«

»Willst du die Sache einfach so weiterlaufen lassen?«

Das »Herr Wenger« war verschwunden, sobald sie den Raum betreten hatten. Rainer wünschte es sich zurück.

»Willst du deswegen alles hinschmeißen? Komm, es ist nur noch ein Tag, wir ziehen das jetzt gemeinsam durch. Von mir aus auch ohne weißes Hemd.« Beinahe entsetzt stellte er fest, wie wichtig es ihm war, dass sie wieder in den Kurs kam. Sie war klug, sie hatte Verstand. Sie konnte einen wertvollen Beitrag zur Welle leisten.

Aber noch während er sprach, hatte Karo begonnen, langsam den Kopf zu schütteln. »Tut mir leid, Rainer. Aber ich glaube, du hast die ganze Sache nicht mehr unter Kontrolle. Überhaupt nicht mehr.«

Rainer holte tief Luft. Einen Augenblick lang blickte er aus dem Fenster auf den Schulhof, auf dem heute eine ganze Menge mehr Schüler mit weißen Hemden herumliefen. Und plötzlich fand er Karo unerträglich anmaßend. Was bildete sie sich ein, ihn zu kritisieren?

»Also gut«, sagte er und wandte sich wieder Karo zu. »Dann musst du den Kurs eben noch wechseln.«

Als er hinausging, spürte er ihren Blick im Rücken. Der Appetit war ihm vergangen.

Das Lehrerzimmer war relativ voll. Kollegen standen oder saßen herum, unterhielten sich, aßen oder lasen. Ein paar blickten auf, als er eintrat, aber Anke, die über ein Buch gebeugt an dem großen Tisch saß, sah ihn nicht – oder tat jedenfalls so. Eigentlich hatte er nichts anderes erwartet. Sie war gestern Abend, während er noch am Computer gesessen hatte, mit einem knappen »Gute Nacht« ins Bett gegangen, und die Botschaft war sehr deutlich gewesen: Lass. Mich. In. Ruhe.

Woher aber dieser Unmut stammte, war ihm nicht klar. Na ja, okay, im Grunde doch. Sie hatte etwas gegen sein plötzliches Engagement für die Welle. Und natürlich ahnte er auch, was ihr Sorgen machte: Sie fürchtete, dass er sich in seiner Rolle als kleiner Diktator zu wohlfühlte. Aber sie konnte doch nicht wirklich glauben, dass er den Durchblick verlor? Verdammt – immerhin war das *seine* Projektidee gewesen. Den Kids zu zeigen, wie schnell man in eine Massenbewegung geraten konnte. Wie schnell man sich lenken ließ, wenn die vermeintlichen Ideale nur stimmten. Aber schließlich war hier niemand auf dem Weg in den Faschismus, und die Veränderungen, die seine Schüler durchmachten, waren unglaublich. Unglaublich positiv. Das, Herrgott noch mal, musste sie doch anerkennen! Wenn schon Karo nicht, dann wenigstens sie.

Er stellte sich hinter ihren Stuhl und ließ seine Tasche fallen. »Alles okay bei dir?«

Sie sah nicht auf, sie drehte sich nicht um, sondern gab nur einen zustimmenden Laut von sich.

Mist. Ja, er hatte es erwartet, aber er hatte sich etwas anderes erhofft. Sie war geschickt genug, ihm die kalte Schulter hier zu zeigen – hier, mitten im Lehrerzimmer, wo er garantiert keinen Streit vom Zaun brechen würde. Also unterdrückte er seine wachsende Verärgerung. Er wollte ihre Unterstützung. Er brauchte ihre Unterstützung.

Er ließ seinen Blick über die anderen Lehrer gleiten, die

geflissentlich wegsahen. Er war sicher, dass sie sich alle furchtbar anstrengten, um mitzuhören. »Und hier so?«, fragte er möglichst neutral.

Nun wandte Anke sich zu ihm um und sah ihn an. »Ich dachte, das ist dir scheißegal.«

Ein Kollege blickte auf, fing seinen Blick auf, wandte sich hastig wieder ab. *Arschloch*, dachte Rainer.

Anke sah ihn immer noch an. Herausfordernd. Rainer hatte keine Ahnung, was er tun, sagen oder denken sollte. Aber in diesem Augenblick rettete ihn Frau Dr. Kohlhage, die plötzlich ihm Türrahmen auftauchte.

»Herr Wenger? Haben Sie kurz einen Moment?« Ohne seine Antwort abzuwarten, wandte sie sich schon wieder zum Gehen. »Bei mir im Zimmer.«

Zweifelhafte Rettung. »Ja, klar«, murmelte Rainer verspätet ihrem Rücken hinterher. Mit einem letzten Blick auf Anke folgte er der Schulleiterin.

In ihrem Büro angekommen, setzte er sich auf ihre einladende Geste hin und begann direkt zu reden. Angriff war die beste Verteidigung. Aber ihr prüfender Blick machte ihn trotzdem nervös.

»Frau Dr. Kohlhage, bitte glauben Sie mir, ich verfolge mit dem Projekt durchaus ein pädagogisches Ziel. Sie sollten mal sehen, wie die Schüler plötzlich aus sich herauskommen. Die sind alle hochmotiviert …«

»Weiß ich doch«, unterbrach sie ihn sanft. Rainer blickte erstaunt auf. »Ich wollte Ihnen ja auch nur mitteilen, dass mich Herr Westerhoff vorhin angerufen hat. Jens ist wie verwandelt, er redet von Ihnen in höchsten Tönen.« War das ihr Ernst? Ja, das war ihr Ernst. Sie fuhr fort. »Ich wollte das gerade im Lehrerzimmer nicht so sagen. Sie wissen ja.« Sie machte eine bedeutungsvolle Pause. »Einige Kollegen haben mit Ihrer Art so ihre Probleme, aber ... meine Unterstützung haben Sie.« Sie nickte ihm aufmunternd zu. »Ich find's gut.«

Rainer musste den Blick senken. Ein Lächeln bildete sich auf seinen Lippen.

Na bitte. Geht doch.

Karo befand sich in einem Zustand, den sie nur als hochexplosiv bezeichnen konnte. Zornig marschierte sie durch die Flure, die sich inzwischen wieder geleert hatten. Die Pause war vorbei, die Schüler saßen zum größten Teil in den Klassen und die Lehrer taten das, was sie am besten konnten: Sie gaben vor, mit ihrer Lebenserfahrung etwas Besseres zu sein, und nutzten ihre Position als Erziehungs- und Lehrbeauftragte schamlos aus.

Es hatte an ihrer Schule mal einen Lehrer gegeben, den Karo für anders, für richtig gut, für engagiert gehalten hatte. Einen Lehrer, den man duzen durfte, weil er der Meinung war, Respekt würde nicht durch eine simple Höflichkeitsfloskel erzeugt, und weil er glaubte, Respekt müsse gegenseitig sein. Da war mal ein Lehrer gewesen, der sich kumpelhaft gegeben hatte, ohne den Versuch zu machen, sich bei den Schülern anzubiedern, der einem seine Ansichten nicht aufdrängte und dem man seine Sorgen und Nöte anvertrauen mochte. Ein lockerer, lustiger Typ, der sich nicht zu schade war, ein Bierchen mit seinen Schülern zu trinken, und der vollkommen ohne Hintergedanken mit den Mädels flirtete. Ein Lehrer, der ihnen zutraute, eigenverantwortlich zu handeln, der ihnen aber auch richtig den Kopf wusch, wenn sie seiner Meinung nach Mist gebaut hatten. Sie alle hatten diesen Lehrer geliebt und ihn gegen seine Kollegen verteidigt, hinter ihm gestanden, wenn das Lehrerzimmer mal wieder über ihn und seinen Unterricht gewettert hatte. Er war nicht groß, nicht schön, nicht stark, aber die Jungs nahmen ihn sich als Vorbild und nicht wenige Mädchen träumten insgeheim von ihm. Sein Unterricht war etwas gewesen, auf das man sich freute, und selbst unpopuläre Projekte wie Autokratie erhielten allein deswegen regen Zulauf, weil dieser Lehrer sie leitete.

Rainer hieß dieser Lehrer, aber irgendwann in dieser Woche war er verschwunden.

Der Lehrer, der sie eben in dem kleinen Labor hatte stehen lassen, hieß Herr Wenger und war leider, leider überhaupt kein Ersatz für diesen Verlust.

Im Gegenteil.

Er war eine Zumutung.

Das Problem war nur, dass sie mit ihrer Meinung offensichtlich ziemlich alleine dastand. Ihre ehemaligen Glaubensgenossen und -genossinnen schienen von diesem Neuen einer Gehirnwäsche unterzogen worden zu sein, sodass auf sie nicht mehr zu zählen war. Also gut. Dann eben ohne sie.

Sie bog schwungvoll um eine Ecke, rempelte versehentlich einen Siebtklässler um, fauchte ihn an und sah befriedigt, wie er, Entschuldigungen murmelnd, zu Boden flatternde Blätter einzufangen versuchte.

Nein. Sie war nicht allein. Es gab noch ein paar Klardenkende, die auf ihrer Seite standen. Da war zum einen Mona, die genug Durchblick bewiesen hatte, bereits am zweiten Tag die Entwicklung vorauszusehen und den Kurs zu schmeißen. Sie war so schlecht auf *Herrn Wenger* zu sprechen, dass sie zweifellos eine große Hilfe sein würde. Dann waren da all die Kids, die ihr bescheuerter Bruder heute im Laufe des Morgens nicht in die Schule gelassen hatte. Es würde sich leicht herausfinden lassen, um wen es sich handelte; sie brauchte auf dem Schulhof nur die Ohren zu spitzen. Kevin war leider nicht mehr zu gebrauchen, da er anscheinend jetzt auch bei der Welle war, obwohl er sich weigerte, ein weißes Hemd zu tragen und am Unterricht teilzunehmen. Aber erstens ging es Kevin sowieso nur um Fun und seine Kumpels, und zweitens konnte er Karo nicht ausstehen. Was auf Gegenseitigkeit beruhte. Okay, um der Sache willen hätte man diese Antipathie vorübergehend vergessen können, aber zum Glück war das nicht notwendig. Sie würde sich mit diesem hirnlosen Vollidioten nicht auseinandersetzen müssen.

Sie stieß die Tür der Mädchentoilette mit solcher Wucht auf, dass sie gegen die gekachelte Wand krachte. Der Lärm tat gut. Sie drehte den Wasserhahn auf und wusch sich das Gesicht mit kaltem Wasser. Ihre Haut fühlte sich heiß an und sie nahm an, dass sie einen ziemlich roten Kopf hatte; Spiegel gab es auf diesem Klo längst nicht mehr. Aber auf Schönheit kam es im Augenblick auch nicht an.

Sie zog das Handy aus der Tasche und schickte Mona eine SMS, sie solle sie in der Redaktion der Schülerzeitung treffen. Mona schrieb beinahe sofort zurück, genau da sei sie schon.

Gut, dachte Karo. *Wenigstens etwas klappt heute auf Anhieb.*

Die Zeitung vom Marie-Curie-Gymnasium hatte allein durch die hohe Schülerzahl eine ansehnliche Auflage. Die Beiträge reichten von reinen Informationen und offiziellen Mitteilungen über Cartoons und Unterhaltung bis hin zu den ernsthaften Berichten und den von Lehrern gefürchteten Unterrichtsbeurteilungen. Die Leserbriefe waren teils echt, teils erfunden, um Diskussionen anzuregen, und Gastbeiträge wurden immer gerne angenommen. Karo hatte auch schon einiges für den *Tischkritzel* geschrieben.

Als sie die Tür zum Redaktionsbüro öffnete, fand sie alle PC-Plätze besetzt vor. Dennoch war es recht still, die Kids arbeiteten konzentriert. Die meisten blickten nur kurz auf, als sie eintrat und ihre Tasche auf den Konferenztisch warf. Mona saß da und wartete offensichtlich auf sie. Eigentlich wunderte Karo es, dass Mona noch nicht selbst die Initiative ergriffen hatte. Vielleicht mündete ihre viel gepriesene Individualität ja wirklich in eine gewisse Egozentrik.

Hey, hey, hey, jetzt mach mal halblang. Es ist okay, dass du sauer bist, aber es bringt dich nicht weiter, wenn du deine Wut auf die lenkst, die dir weiterhelfen können.

Der Chefredakteur war ein Typ aus der Zwölften, den Karo sich bestens in einer »echten« Tageszeitung vorstellen konnte: Bommel gab sich extrem lässig, warf mit pressetechnischen Fachausdrücken nur so um sich und glaubte wahrscheinlich, er sei wie gemacht für investigativen Journalismus. Genau so einen brauchte Karo jetzt.

Doch als sie erzählt hatte, was sich gestern mit den weißen Hemden und heute Morgen am Eingang abgespielt hatte, zuckte Bommel nur die Achseln.

»Die nächste Ausgabe vom *Tischkritzel* ist schon komplett gelayoutet. Da geht nichts mehr rein.«

Karo hätte am liebsten laut geschrien. Auf die nächste Ausgabe warten? »Wahrscheinlich dauert das eh alles zu lang«, sagte sie frustriert, aber beinahe gleichzeitig kam ihr eine Idee. »Wir müssen eine Rundmail schreiben. An alle Schüler. Ihr habt doch die Adressen, oder?«

Laura, Bommels Stellvertreterin, saß mit am Tisch. »Können wir nicht machen. Datenschutz.«

Mona, die bisher schweigend zugehört hatte, verdrehte die Augen. »Das ist doch wohl scheißegal«, gab sie gereizt zurück. Dann wandte sie sich entschlossen Karo zu. »Also, ich helfe dir.«

Bommel hatte den kurzen Austausch schweigend verfolgt. In seinem Gesicht war keinerlei Gefühlsregung zu erkennen. »Also – ganz ehrlich?«, sagte er nun so langsam und träge, dass Karo ihn am liebsten gewürgt hätte. »Für meinen Geschmack macht ihr wegen der Sache einen viel zu großen Aufriss.«

Klar, weil du nicht dabei warst.

Karo stöhnte. Mussten die wenigen Verbündeten, die sie hatte, solche Trantüten sein?

»Willst du nur so rumsitzen und nichts machen?«, fauchte Mona ihn an.

»Nee.« Bommel stützte die Hände auf den Tisch und stemmte sich hoch. »Ich will zu Kaschi.« Auf Karos fragenden Blick hin fügte er hinzu: »LAN-Party.«

Die beiden Mädchen warfen sich einen angewiderten Blick zu. LAN-Party. Herrgott noch mal. Kein Wunder, dass sich in dieser Schule vor aller Augen unglaubliche Dinge abspielen konnten. Wenn alle nur ihren eigenen Spaß im Kopf hatten.

Bommel zog einen schweren Schlüsselbund aus der Hosentasche und warf ihn vor Karo auf den Tisch. Das Klirren ließ sie zusammenfahren.

»Verlier die nicht.« Bommel war schon an der Tür. »Ich habe dafür unterschrieben.«

Und dann war er weg.

Inzwischen lief eine kleine Truppe durch die Stadt, wie man sie in dieser Kombination bis vor einer Woche noch für unvorstellbar gehalten hätte. Bomber und Kevin, okay. Ganz normal. Bomber, Kevin und Sinan – auch okay. Cool, gut drauf, für jeden Blödsinn zu haben. Bomber, Kevin, Sinan und Schädel – alles wie gehabt, eine Formierung, wie man sie gewohnt war. Bomber, Sinan, Kevin, Schädel und Tim Stoltefuss – unmöglich! Und doch war es so. In der goldenen Mitte dieses Trupps lief ausgerechnet der eine Mitschüler, den sie bisher nur verarscht und sich über ihn lustig gemacht hatten. Zum Beispiel, wenn er versucht hatte, sich ihre Freundschaft mit Drogen oder anderen Geschenken zu erkaufen. Oder wenn er wieder einmal genau in den Markenklamotten ankam, die gerade die Number-1-Rapper trugen, nur um ihnen zu beweisen, dass er cool war und echte »Street Credibility« besaß. Autsch.

Was hatten sie über ihn gelacht.

Aber nun lief er in ihrer Mitte. Er wirkte seltsam fehl am Platz, obwohl er sich bemühte, seinen ungelenk wirkenden Gang den federnden Schritten der anderen anzupassen. Aber das Selbstbewusstsein der vier anderen Jungen begann sichtlich auf den Neuling, der noch nie zu einer solchen Gruppe gehört hatte, abzufärben.

Zügig ging die Truppe über den Bürgersteig. Und obwohl sie in ihren weißen Hemden aussahen, als hätten sie einen Managementkurs für Einsteiger belegt, wechselte eine alte Frau die Straßenseite, und eine Mutter mit Kinderwagen blieb misstrauisch stehen, um sie an sich vorbeiziehen zu lassen. Ob die Jungs es merkten, ließ sich nicht sagen. Sie plauderten und beschimpften sich gutmütig, planten eine Party und schickten Nachrichten mit ihren Handys an die Mitglieder der Welle.

»Also, was meint ihr? Treffen am See um zwanzig Uhr?« Sinan begann bereits die Uhrzeit ins Handy zu tippen.

»Zu früh«, wandte Bomber ein. »Mach neun Uhr. Wir haben doch morgen sowieso nur Projektwoche.«

Sinan nickte.

Und plötzlich knallte eine Bierdose vor seine Füße und platzte sprudelnd auf. Sinan starrte einen Moment fassungslos auf seine Hose, hielt das tropfende Handy vom Körper und sah dann auf. Vor ihnen stand die Punkertruppe, ihr allseits geliebter Kumpel Zecke in vorderster Reihe.

»He! Sagt mal, geht's noch?«, brüllte Sinan.

Zecke hatte seinen Fanclub mitgebracht. Ein bärtiger Kerl, der seine Jugend schon lange hinter sich hatte, mit schmierigem schütterem Haar und einer roten, großporigen Säufernase baute sich vor den Jungs auf. Er stank. Nach Schnaps und ungewaschenen Klamotten.

»Sind das die Typen?«, fragte er Zecke.

Dieser nickte nur.

Der Säufer musterte Sinan und Bomber von Kopf bis Fuß. »Ihr seid also die Welle-Faschos.«

»Welle-Faschos?«, fuhr Sinan ihn an. »Hast du'n Schaden?«

Jetzt traute sich auch Zecke, den Mund aufzumachen. »Euer Herr Wenger hat euch doch ins Hirn geschissen.«

Bomber stand nicht auf Punks. Und auf stinkende schon gar nicht. »Verpisst euch, Mann.«

Nun richtete der Säufertyp seine volle Aufmerksamkeit auf Bomber. »Wie kommt ihr überhaupt dazu, unsere Zeichen zu übersprühen?«

»Keine Ahnung, wovon du sprichst, du Stricher.«

Und weil Bomber noch viel mehr Vorgeplänkel erwartet hatte, traf ihn die Faust unvorbereitet. Er ging in die Knie und der Ältere stürzte sich auf ihn. Plötzlich war es laut und hektisch. Bomber und der Bärtige wälzten sich auf dem Boden, Sinan versuchte sie zu trennen, ein Punk versuchte, Sinan fortzuzerren, Kevin wehrte Zecke ab, und plötzlich ein Schrei. Von Schädel. Laut und schrill. Panisch.

»Tim! Bist du bescheuert?«

Alarmiert lösten sich die Streithähne voneinander. Die Punks versuchten verwirrt herauszufinden, worum es ging, Sinan und Bomber blickten sich suchend nach Tim Stoltefuss um.

Und dann erstarrten alle.

Tim hatte eine Waffe gezogen. Die Mündung des Laufs zeigte direkt auf den Kopf des Bärtigen.

»Tim!«

Der alternde Punk erhob sich betont langsam vom Boden, hielt defensiv die Hände in Brusthöhe, Handflächen nach außen. »Mach keinen Scheiß, Alter.«

Tims Stimme klang sehr ruhig, sehr leise. »Renn um dein Leben, oder ich blas dir dein Hirn weg.«

»Schon gut, Mann.« Der Typ mochte zwar versoffen sein, aber lebensmüde war er nicht. Und seine Kumpels auch nicht. Kollektiv wichen sie zurück und traten, so würdevoll es ihnen in dieser Situation noch möglich war, den Rückzug an. Der Lauf der Pistole folgte ihnen.

Die anderen vier standen in einigem Abstand um Tim herum und starrten ihn ungläubig an. Auf Tims Gesicht erschien erst ein Lächeln, dann begann er laut zu lachen, ohne den Arm mit der Waffe herunterzunehmen.

Sinan wagte sich einen Schritt vor. »Tim.« Sanft, als ob er mit einem gestörten Kind redete. »Hey, die sind weg. Nimm die Pistole runter.«

Tim drehte sich zu ihm um und sah ihn an, als habe er die Anwesenheit der anderen vorübergehend vergessen. Er senkte den Arm, das breite Grinsen noch im Gesicht.

Sobald die Gefahr gebannt war, atmete Bomber auf. »Sag mal, bist du jetzt völlig irre?« Er hörte selbst, dass er fast hysterisch klang. »Wie kannst du bloß mit einer *Pistole* durch die Gegend laufen?!«

Tim betrachtete die Waffe in seinen Händen. Er dachte anscheinend nicht daran, sich seine gute Laune verderben zu lassen. »Ist doch nur eine Gaspistole. Immer mit der Ruhe.«

Die vier Jungen sahen ihn schweigend an. Keiner erwiderte sein Lächeln.

»Hab ich aus dem Internet. Ist doch kinderleicht.«

Immer noch grinsend schob er die Pistole hinten in seinen Hosenbund. Die anderen warfen einander Blicke zu. Dann wandten sie sich alle, ohne ein weiteres Wort zu sagen, ab und gingen weiter.

Tim bemühte sich, mit ihnen Schritt zu halten.

Es war schon spät. Karo sah auf die Uhr. Sie sollte der Höflichkeit halber zu Hause Bescheid geben, dass es noch dauern würde. Sie war nach der Schule nicht zum Mittagessen erschienen, und auch wenn das nicht ungewöhnlich war und sich wahrscheinlich keiner Sorgen machen würde, war es einfach eine Frage der Rücksichtnahme. Ein Wort, das ihr Bruder Leon nicht in seinem Vokabular hatte.

Aber ganz so schlimm, wie Mona ihn darstellen wollte, war er nun doch nicht. Karo würde nicht zulassen, dass Mona ihren Bruder als Mini-Schläger anprangerte. Das war er nämlich nicht. Jedenfalls noch nicht.

»Nein«, sagte Karo fest. »Ich schreibe nicht, dass Leon den Kleinen verprügelt hat.«

Sie beide waren inzwischen allein in der Redaktion; die anderen hatten längst Schluss gemacht. Karo und Mona hatten den halben Nachmittag versucht, gemeinsam einen Text zu verfassen, hatten sich aber nicht einigen können. Und obwohl der Inhalt hätte klar sein sollen, hatte Mona so radikale Ansichten, dass Karo die Haare zu Berge standen. Seit wann war es in Ordnung, Schwachsinn mit Schwachsinn zu bekämpfen?

Allerdings wollte Mona das nicht einsehen.

»Der Zweck heiligt die Mittel!«, sagte sie gerade wieder – nicht zum ersten Mal.

Sie saßen beide vor dem Monitor, auf dem das Layout für ihr Flugblatt fertiggestellt war. Oben drüber stand in fetten Lettern: »Stoppt die Welle!«

Karo schüttelte den Kopf. »Das stimmt so aber nicht.«

»Wir wollen doch aufrütteln, oder?« Mona sah sie eindringlich an. »Michael Moore macht das auch so.«

Aber ich bin nicht Michael Moore, und du auch nicht. Und obwohl Karo gerne zugab, dass Leon durch die Erziehungsmethoden ihrer Eltern zu einem kleinen Monster mutierte, war er immer noch ihr Bruder. Mona übertrieb eindeutig. »Ich bleibe bei der Wahrheit.«

Mona stöhnte. »Na toll, dann können wir's auch gleich lassen.«

Es klopfte. »Ja?«, sagte Karo.

Marco steckte den Kopf herein, entdeckte sie und trat ein. »Ich hab dich schon überall gesucht.« Er drückte behutsam die Tür zu und kam auf sie zu. »Was macht ihr?«

Rasch klickte Karo die Seite weg. Darunter kam das Logo von *Tischkritzel* zum Vorschein, eine wilde Graffitimontage in Schwarz-Weiß. »Nichts weiter.«

Marco küsste Karo flüchtig auf die Wange, zog sich einen Stuhl unter einem Tisch hervor und setzte sich zwischen die beiden Mädchen, ohne Mona zu beachten.

»Hör mal, wir veranstalten heute eine kleine Strandparty. Kommst du mit?«

Karo nahm an, dass das ein Friedensangebot sein sollte. *Vergiss es.* »Wir? Du meinst die Welle-Mitglieder.«

Marco wich ihrem Blick aus. »Na ja … ein paar andere werden schon dabei sein.« Hoffnungsvoll sah er sie wieder an.

Karo wandte sich ab. »Nein, danke. Ohne weißes Hemd bin ich da doch sowieso nicht erwünscht.«

Marco seufzte. »Das ist doch bescheuert«, sagte er leise.

Karo fuhr zu ihm herum. »Ja, das *ist* bescheuert. Und genau deswegen habe ich auch keine Lust drauf.«

»Uh-oh«, sagte Mona. »*Bad vibrations*. Ich geh dann mal.« Sie nahm ihr Mäppchen und ihre Tasche.

»Du kannst ruhig bleiben«, sagte Karo.

»Nee, ich habe sowieso Chorprobe.« Mona stand auf. Dann wandte sie sich an Marco und ihre Stimme triefte vor Sarkasmus. »Und viel Spaß bei der Welle-Party! Tschüs.«

Die beiden schwiegen, bis die Tür ins Schloss fiel und sie allein waren. Marco schien einen Moment zu zögern. Dann: »Was hast du eigentlich gegen die Welle?«

Immerhin sprach er es an. »Mensch, Marco, mach doch mal die Augen auf.« Sie legte ihre Hand auf seinen Arm. »Die Welle entwickelt sich zu einer ganz komischen Sache.«

Aber Marco schüttelte langsam den Kopf. »Du steigerst dich da in was rein.«

»Ach ja?« Es machte sie wütend, dass er gekommen war, um sich mit ihr zu versöhnen, aber immer noch nicht klarsehen wollte. »Dann schau dir mal das an.«

Karo klickte ein paarmal und hatte kurze Zeit später die Homepage der Welle aufgerufen.

Vor einem dunkelroten Hintergrund war das Logo der Welle in Schwarz zu sehen. Flankiert wurde es von den Silhouetten zweier Pistolen!

Marco blickte ohne Überraschung auf den Monitor. Er kannte die Seite also schon ... und er hatte nichts dagegen unternommen? Als sie die Homepage vorhin zum ersten Mal gesehen hatte, hätte sie beinahe gekotzt. Mit was für einem Typen war sie da eigentlich zusammen? Und war sie eigentlich noch mit ihm zusammen?

»Na ja«, meinte Marco nachsichtig. »Die hat Tim gemacht. Er schießt gern mal übers Ziel hinaus.«

Ob Rainer davon wusste? Sie hoffte nicht. Das konnte selbst *Herr Wenger* nicht zulassen, oder?

Sie scrollte die Seite abwärts. »Hier.« Dann las sie vor: »*Gestern hat mich so'n Typ im weißen Hemd von der Seite angemacht, von wegen, wenn ich nicht der Welle beitrete, würde ich alle meine Freunde verlieren, denn bald würden alle dazugehören. Ich sagte echt nur, ich will es mir überlegen, und er voll aggressiv: ›Wenn es dann mal nicht zu spät ist.‹«* Sie sah Marco an. »Zu spät für was, Marco?« Marco gab vor zu lesen. »Merkst du nicht, was hier abgeht? Hier werden Schüler unter Druck gesetzt.«

»Ja, aber … der Eintrag ist anonym gepostet. Woher willst du wissen, dass das kein Fake ist?«

Verdammt noch mal. Karo konnte beinahe nicht ertragen, wie er die Schultern hängen ließ – so als ob er ihr sagen wollte: *Schau, mein Schatz, ich tu doch alles, warum bist du bloß so verbohrt?*

»Fake? Leon hat einen Kleinen aus der Sechsten nicht in die Schule gelassen, nur weil er euren bekloppten Welle-Gruß nicht machen wollte.«

Marco seufzte und hob die Schultern. »Tut mir leid, aber dein Bruder war schon immer bescheuert.«

»Aber nicht so.« Karo versuchte, sich zu beruhigen. »Und ich werde doch auch behandelt wie eine Aussätzige, bloß weil ich kein weißes Hemd trage.«

»Warum ziehst du's denn nicht einfach an?«

Karo hätte am liebsten geweint. »Ganz *einfach*. Weil ich nicht will.«

»Ich will aber.« Plötzlich wurde seine Stimme schärfer. »Die Welle bedeutet mir nämlich was.«

»Und was?«

Er dachte kurz nach. »Gemeinschaft.« Sie konnte hören, dass es ihm peinlich war, das auszusprechen. »Du kennst das vielleicht. Du hast eine eigene Familie. Ich nicht.«

Karo wandte den Blick ab. Dazu gab es nichts zu sagen. Als sie schwieg, fügte er hinzu: »Kommst du jetzt mit oder nicht?«

Stumm schüttelte sie den Kopf.

9

Es dämmerte bereits, als Rainer die Straße zum See entlangfuhr. Die Sonne hatte sich unter eine Wolkendecke verzogen, aber es war recht warm. Für heute Nacht war ein Gewitter angesagt und er fand es passend: Auch in ihm hatte sich eine Spannung aufgebaut, die sich unbedingt entladen musste – er hatte nur keine Ahnung, wie er damit umgehen sollte.

Woher die Spannung kam, war ihm vollkommen klar. Die Diskrepanz zwischen der Begeisterung und dem Eifer seiner Schüler und der Missbilligung anderer – vor allem Ankes – machte ihn vollkommen fertig. Das Lob von Frau Dr. Kohlhage hatte ihn natürlich gefreut und bestätigt, aber nur einen Moment lang. Die Tatsache, dass er die Unterstützung seiner Schulleiterin hatte – war das nicht aus Prinzip schon krumm? Oder besser: Wies das nicht darauf hin, dass er seine Prinzipien verriet?

Unsinn, Rainer Wenger. Aus Prinzip dagegen zu sein ist ja wohl auch Bullshit.

Er bog in den kleinen Weg ein, der zum See hinaufführte. Okay. Also tat er etwas, was seine Vorgesetzte billigte, seine Frau aber nicht. Und Karo? Er hatte ihre Ansichten immer geschätzt und in gewisser Weise verstand er ihre Bedenken. Aber wahrscheinlich waren Kids wie sie übersensibilisiert, was solche Dinge anging. Karo stammte aus einer Familie von Aktivisten, die in den Siebzigern und Achtzigern auf jeder Demonstration dabei gewesen waren. Karo hatte den Gedanken der Selbstbestimmung und der Freiheit der Individuen quasi mit ihrem Möhrchenbrei verdaut. Dass nicht jedes Individuum gleich gut mit Freiheit und Selbstbestimmung umgehen konnte, zeigte sich allerdings bei ihrem Bruder. Leon war ein kleines Ekelpaket und wenn ihn nicht bald jemand in seine Schranken wies, dann war Rainer froh, wenn er dem Jungen in der elften Klasse nicht in einem seiner Kurse begegnete.

Falls Leon nicht bis dahin die Schule ganz geschmissen hatte und lieber auf Kiffertour durch die Welt zog.

Rainer stellte den Motor ab. Aber er stieg nicht gleich aus. Die Hände auf dem Lenkrad, starrte er durch die Windschutzscheibe auf das Hausboot zwischen den Bäumen, ohne etwas zu sehen.

Wahrscheinlich machte er sich zu viele Gedanken. Nur noch morgen, dann war das Projekt vom Tisch. Es war für alle eine interessante und spannende Erfahrung gewesen und hatte bewiesen ... Ja, was hatte es eigentlich bewiesen? Dass Schüler eine starke Hand brauchten, um Leistung zu zeigen? Dass Rainer Wenger Spaß daran hatte, Leute zu führen? Quatsch. Es war ja nur ein Spiel gewesen, und er der Spielleiter. Projektleiter. Angewandte Politikwissenschaft.

Tut mir leid, Rainer, aber ich glaube, du hast die Sache nicht mehr unter Kontrolle. Überhaupt nicht mehr.

Karos Worte klangen in seinem Kopf. So ein Schwachsinn! Natürlich hatte er alles unter Kontrolle. Und wieso überhaupt Kontrolle? Ja, er musste zugeben, dass er die Entwicklung so nicht vorausgesehen hatte, aber wo lag das Problem, wenn das Ergebnis durchweg positiv war? Die Schüler hatten mit einem Mal Spaß dabei, sich zu engagieren, tatsächlich wurden nun auch Außenseiter wie Tim Stoltefuss in die Gruppe integriert. Wenn das nicht gut war, dann wusste er es auch nicht.

Plötzlich verärgert stieg er aus und ging um den Peugeot herum zum Kofferraum. Er klappte den Deckel hoch, holte die Einkäufe heraus und wollte gerade zum Haus gehen, als eine Stimme ihn zusammenfahren ließ.

»Kann ich Ihnen helfen?«

Er drehte sich um und sah Tim in einigem Abstand zum Wagen am Waldrand stehen.

»Was willst du denn hier?«

»Ich muss Sie beschützen.«

Rainer traute seinen Ohren nicht. »Du musst *was*?«

Tim sah ihn beinahe flehend an. »Ich möchte Ihr Leibwächter sein.«

Oh, Mann. Dass der Junge ein wenig seltsam war, hatte Rainer ja bereits vermutet. Aber das hier ging dann wohl doch deutlich darüber hinaus.

»Was soll ich denn mit einem Leibwächter? Tim, geh nach Hause.«

»Wozu? Da interessiert sich doch sowieso keiner für mich.«

Rainer seufzte innerlich. Wollte der Junge sein Mitleid wecken? Nein, wahrscheinlich sprach er nur die Wahrheit aus. Rainer hatte bis vor der Projektwoche kaum mit Tim zu tun gehabt, daher wusste er auch nicht viel über seine familiären Verhältnisse. Im Kurs machte er sich gut und arbeitete eifrig mit, aber nun wirkte er hilflos und niedergeschlagen. Vielleicht war es angebracht, morgen oder nächste Woche mit Tims Vertrauenslehrer zu sprechen. Der Junge schien Hilfe zu brauchen.

Er seufzte wieder, diesmal laut. »Also, wenn du ein Problem

hast, kannst du immer zu mir kommen. Aber ich brauche keinen Leibwächter, okay?«

Tim sah ihn stumm an. Dann, endlich, nickte er, machte aber keine Anstalten, sich zu verabschieden.

Oh, Herrgott noch mal.

Er drückte Tim eine Einkaufstüte in die Hand. »Komm mit.«

Sie standen in der Küche und schnippelten Gemüse. Die Unterhaltung ging etwas schleppend voran. Rainer stellte dem Jungen Fragen, die dieser einsilbig beantwortete, sobald es um seine Familie ging. Fürs Kochen konnte er sich allerdings begeistern. Leidenschaftlich erklärte Tim ihm ein paar Küchentricks, und Rainer lernte tatsächlich noch etwas.

Tim hatte ihm erzählt, dass die Welle heute eine Party am Strand an einem der Seen feierte. Rainer wusste das, denn er war ebenfalls eingeladen worden, hatte aber dankend abgelehnt. Obwohl eine Feier sicher das Gemeinschaftsgefühl noch verstärkt hätte, musste er sich um seine Probleme zu Hause kümmern. Er hatte Anke seit ihrem knappen Austausch in der großen Pause nach dem Projekt weder gesprochen noch gesehen, und er wollte die Unstimmigkeiten, die zwischen ihnen herrschten, ausräumen. Er sehnte sich nach ihrem Rückhalt, also musste er versuchen, die Wogen zu glätten.

Beinahe hätte er gegrinst. Vielleicht glätteten die Wogen sich von selbst, wenn die Welle am Ufer auslief.

Tim hatte ihm gesagt, dass er keine Lust auf die Party gehabt habe. Rainer hatte allerdings inzwischen eher den Verdacht, dass es mit dieser Leibwächtergeschichte zusammenhing. Der Junge hatte das offenbar sehr ernst gemeint. Er schien zufrieden, bei Rainer zu sein. Rainer musste ihm diesen Käse unbedingt ausreden. Oder suchte der Junge einen Vaterersatz? Aber auch das kam natürlich nicht infrage. Er war Lehrer und die Bindung eines Schülers an ihn durfte nicht zu emotional werden. Im Übrigen war sein Vaterstatus Junior in Ankes Bauch vorbehalten; die Verantwortung für einen beinahe erwachsenen Jungen mit Identifikationsproblemen zu übernehmen, überforderte ihn ganz entschieden.

Apropos Junior. Er hörte ein Auto den Pfad heraufkommen. Der Motor wurde ausgestellt. Dann knirschten Schritte im Kies. Anke.

Rainer holte tief Luft. Jetzt musste er ihr erst einmal die Sache mit Tim erklären. So weit zum Thema Wogen glätten.

»Hallo, Schatz!«, rief er betont fröhlich, als sich die Tür zum Hausboot öffnete.

»Hallo«, kam es ebenfalls recht fröhlich zurück. Offenbar hatte Anke sich wieder etwas beruhigt. »Und – was wollte die Kohlhage?«, fragte sie.

Bevor er noch antworten konnte, erschien sie im Türrahmen zur Küche. Das Lächeln erstarrte, aber sie hatte sich schnell wieder im Griff. »Hallo, Tim«, sagte sie. Ein wenig kühl.

Tim strahlte sie an. »Hallo, Frau Wenger.«

»Rainer ... kann ich dich mal kurz sprechen?«

Autsch. »Ja, klar«, sagte er und trocknete sich die Hände an einem Küchentuch ab. Dann folgte er ihr in den Flur.

Kein Lächeln mehr. »Was soll das?«, fragte sie.

Rainer kam sich vor wie ein kleiner Junge, der gemaßregelt wurde. »Das war nicht meine Idee, ich hab ihn nicht eingeladen. Er stand plötzlich so da.« Er senkte die Stimme noch etwas. »Er hat zu Hause niemanden, der sich um ihn kümmert. Ich ... ich hab mir das auch anders vorgestellt.«

Anke schwieg und sah ihn nur an.

»Komm, wir essen jetzt zusammen, und ich schick ihn nach Hause, okay?« Er probierte ein Lächeln, aber Anke erwiderte es nicht.

Da erschien Tim im Flur. »Ähm ... haben Sie vielleicht noch ein bisschen Ingwer? Dann wird's besonders lecker!« Richtig stolz wirkte er auf seine Kochkünste.

Rainer nickte und Tim verzog sich wieder in die Küche. Als er sich wieder Anke zuwandte, drehte sie sich um, verschwand im Schlafzimmer und machte ihm die Tür vor der Nase zu.

Na toll.

Immer mehr Jugendliche trudelten am Strand ein. Weiße Hemden, bunte Sweatshirts, Lederjacken. Das Gelände war gesäumt von alten, leer stehenden Lagerhäusern und hatte nichts mit den gepflegten, eingezäunten Strandbädern rund um die Seen gemein. Hier wurden Schutt und Müll abgeladen, hier gab es keine Toilettenhäuschen und hier führte auch kein Holzsteg vom Parkplatz zum Wasser. Parkplätze gab es sowieso nicht. Im Wasser schillerten Ölpfützen.

Kurz, es war der ideale Ort für eine Strandparty, bei der es laut zugehen würde.

Ein großes Feuer brannte schon, jemand hatte einen tragbaren CD-Player mitgebracht, aus dem Hip-Hop-Rhythmen dröhnten. Auf umgedrehten Kisten standen Kerzen. Klappstühle und alte Autositze boten Platz zum Sitzen. Kaum einer, der nicht eine Bierflasche in der Hand hielt, nach Gras riechende Rauchschwaden zogen durch die Luft. Jens saß mit zwei Mädchen im Sand und ließ eine Flasche Jägermeister kreisen. Bomber wendete über einem anderen Feuer Würstchen und fachsimpelte mit Schädel über Grilltechniken. Dennis unterhielt sich mit Maja und die Körpersprache der beiden hätte eindeutiger nicht sein können.

Marco wanderte zufrieden durch die Leute. Die Stimmung war herrlich locker und entspannt. Lachen erklang von allen Seiten. Er trat ans Ufer und holte sich ein Bier aus dem Kasten, der zum Kühlen im seichten Wasser stand. Es war schade, dass Karo nicht hier war. Sie würde etwas verpassen, aber das war ihre eigene Schuld. Er hatte jedenfalls keine Lust auf ein schlechtes Gewissen, er wollte sich amüsieren. Er wandte sich um, ging wieder auf die Leute zu und entdeckte Lisa, die sich mit einem Mädchen aus der Oberstufe unterhielt. Sie sah extrem hübsch aus heute Abend. Sie hatte ihre blonden Haare hochgesteckt, aber an den Schläfen jeweils eine dicke Locke hängen lassen. Große, silberne Scheiben baumelten an ihren Ohren, und sie war leicht geschminkt. Als habe sie seinen Blick gespürt, wandte sie sich zu ihm um. Sie lächelte. Er lächelte. Dann wandte sie sich wieder dem anderen Mädchen zu.

Marco fühlte ein leichtes Flattern im Bauch. Das Grinsen in seinem Gesicht wollte nicht weggehen. Vielleicht sollte er etwas essen, damit er nachher nicht vollkommen blau unter irgendeinem Busch einpennte.

Als er die Richtung Grillfeuer einschlug, spürte er Lisas Blick noch in seinem Rücken.

Auf dem Hausboot waren die Kerzen weit heruntergebrannt, die Teller waren leer. Das Essen hatte verdammt gut geschmeckt, wie Rainer zugeben musste, und auch Anke hatte herzhaft zugegriffen. Tim war tatsächlich ein hervorragender Koch. Nach dem ersten Glas Wein war er dann auch aufgetaut und hatte zu plappern begonnen. Man konnte spüren und sehen, dass er sich wohlfühlte. Das traf auf Anke und ihn allerdings nicht unbedingt zu.

Rainer selbst hätte die Situation allein vielleicht genießen können. Der Junge blickte zu ihm auf, als sei sein Lehrer ein Superstar, und er konnte nicht abstreiten, dass das ein gutes Gefühl war. Anke dagegen warf ihm hin und wieder einen Blick zu, der besagte, dass er ihrer Meinung nach nicht mehr alle Tassen im Schrank und Tim den letzten Schuss nicht gehört hatte. Trotzdem gab sie sich alle Mühe, sich dem Jungen gegenüber nicht allzu reserviert zu geben. Und hin und wieder musste sie sogar über Tims begeisterte Erzählungen grinsen.

Tim fantasierte gerade von einer Fahrt für die Teilnehmer des Projekts, worüber er offenbar schon mit anderen gesprochen hatte.

»Also, erst haben wir an Paris gedacht«, fuhr er fort. »Dann an den Balaton.« Er zuckte verächtlich die Schultern. »Aber dann – Italien! Gutes Essen, schöne Frauen, was will man mehr? Und da hab ich mir gedacht: Warum kommen Sie nicht mit als Betreuer?«

Rainer nahm die Weinflasche und schenkte sich nach. »Mal sehen, Tim.«

Tim schien seinen Mangel an Begeisterung gar nicht wahrzunehmen. »Toskana! Das wird super.«

»Rainer hat das wirklich nicht zu entscheiden, Tim«, mischte Anke sich ein.

»Aber ich bin mir sicher, dass alle Schüler dafür sind. Wir können ja eine Unterschriftenaktion machen.«

Ankes Lächeln wirkte inzwischen etwas gezwungen. Rainer wusste, dass es jetzt allerhöchste Zeit war. Wenn er seinen Gast nicht bald vor die Tür setzte, konnte er diese Nacht auf der Couch schlafen.

»Hör mal, Tim, es war ein echt netter Abend, wirklich. Aber Anke und ich würden jetzt gerne noch ein bisschen allein sein. Wir haben noch ein paar Sachen zu besprechen.«

Tim nickte strahlend. »Klar.« Griff zur Weinflasche und schenkte sich das Glas voll.

Anke und Rainer sahen sich an.

Schau an, dachte Rainer, als er Anke musterte. *So sieht es also aus, wenn einem die Gesichtszüge entgleisen.*

Einen Moment später schob Rainer Tim sanft, aber doch sehr bestimmt durch die Tür ins Freie und drückte ihm seinen Rucksack und die Jacke in die Hand. »Danke, Tim. Wir sehen uns dann morgen.« Ohne dem Jungen Zeit zu lassen zu protestieren, klopfte er ihm einmal auf die Schulter und zog hastig die Tür wieder zu.

Drinnen lehnte er sich dagegen. Puh.

Die erste Etappe des Abends war überstanden. Nun kam die zweite, weit härtere.

Er musste versuchen, sich wieder mit Anke zu versöhnen.

Zwei Feuer brannten hoch, Hardrock dröhnte scheppernd aus dem CD-Player, die meisten waren mehr oder weniger blau. Es wurde getanzt, erzählt und geschmust, und dann und wann sah man Pärchen in den Büschen verschwinden oder wieder daraus auftauchen. Niemand wälzte ernsthafte Probleme, die Welle war Thema Nummer eins, und die Begeisterung für die Bewegung wuchs mit jedem Bier. Die Mitglieder hatten bewiesen, dass sie Feten organisieren und anständig feiern konnten. Morgen würden sehr viel mehr Schüler und Schülerinnen in weißen Hemden zum Unterricht erscheinen.

Marco brauchte Abstand. Auf das Hoch war eine kleine Talsohle gefolgt, und er fühlte sich erschöpft und, ja, auch ziemlich betrunken.

Er wanderte ein Stück durch den Sand und entdeckte das Gerippe eines alten Autos; bis auf die Karosserie und die Rücksitze war nicht mehr viel geblieben. Marco ließ sich mit seiner Flasche dankbar auf die Bank fallen.

Dass seine gute Laune ein wenig nachgelassen hatte, war nicht zuletzt auf das zurückzuführen, was ihm Kaschi eben erzählt hatte. Bommel hatte wohl so ganz nebenbei erwähnt, dass Karo in der Redaktion heute Nachmittag eine ziemliche Welle gemacht hatte – okay, schlechte Wortwahl. Jedenfalls hatte sie offenbar versucht, an die Schülerdaten heranzukommen, um eine Rundmail zu schreiben, in der sie zum Boykott der Welle auffordern wollte. Computer-Wizard Kaschi hatte sich für ein Stündchen von der Party entfernt und, wie er lapidar gesagt hatte, »ein bisschen rumgetrickst«, damit sichergestellt war, dass Karo keine einzige Mail von den Schulcomputern abschicken konnte.

Aber Marco kannte Karo. Das würde sie nicht von ihrem Vorhaben abbringen. Wenn sie sich etwas in den Kopf gesetzt hatte, dann zog sie es auch durch – auf die eine oder andere Art.

Marco wusste nicht, ob er die anderen vorwarnen sollte. War es Verrat an Karo, wenn er es tat? Oder verriet er die Welle, wenn er nichts unternahm?

Das Blöde war, dass er nicht klar denken konnte. Dazu war

er einfach schon zu blau. Andererseits war das auch ein Vorteil, denn auf diese Art kam er nicht in Versuchung zu grübeln. Es war doch verrückt, dass er zwar plötzlich eine Gemeinschaft gefunden hatte, in der er sich aufgehoben fühlte, aber vielleicht deswegen seine Freundin verlor – musste es immer so kompliziert sein? Ging denn nicht beides? Einen festen Freundeskreis mit Menschen, auf die er sich immer verlassen, und eine Freundin, die das verstehen konnte?

Plötzlich tauchte Lisa neben dem Auto auf. Auch sie hatte eine Bierflasche in der Hand.

»Hi«, sagte sie und sah ihn fragend an. »Kann ich?«

Marco nickte und machte Platz. Lisa setzte sich neben ihn. Einen Augenblick lang sahen sie sich verlegen an. Dann hob Lisa die Flasche und stieß sie gegen seine.

»Prost.« Beide tranken, setzten die Flaschen ab und starrten ins Leere.

Marco kramte verzweifelt in seinem Hirn nach einer intelligenten Bemerkung. »Ist doch schön hier, oder?«, sagte er schließlich und zog mental den Kopf ein. *Wow, wirklich sehr intelligent.*

Aber Lisa schien es ihm nicht übel zu nehmen. Sie nickte lächelnd.

»Ich will hier gar nicht weg«, fuhr Marco fort. Er konnte selbst hören, dass er schleppend sprach.

»Wer sagt denn, dass du wegsollst?«

Als ob sie das nicht wüsste. »Na ja, nach dem Abi irgendwo studieren...« Er schüttelte den Kopf. »Ich weiß noch nicht mal was.« Er starrte durch die beinahe blinde Windschutzscheibe. »Ich könnte mir das richtig gut vorstellen. Einen ganz normalen Job machen, die richtige Frau heiraten, zwei, drei Kinder bekommen ...« Er seufzte. »Und in einem Reihenhaus den Rest meiner Tage zu verbringen.«

Lisa lachte leise.

Er sah sie an. »Findest du das blöd?«

Sie schüttelte den Kopf. »Nee. Überhaupt nicht.«

Beide blickten wieder auf ihre Bierflaschen. Tranken. Starrten geradeaus.

Bis Lisa ihm den Kopf zuwandte. Und sich ein wenig zu ihm beugte. Ihm in die Augen sah. Er kam näher.

Und dann küssten sie sich.

Marco hatte keine Ahnung, wie lange sie sich küssten. Es kam ihm vor wie eine Ewigkeit und es tat so gut. Ihm fielen die Augen zu und er war sich vage bewusst, dass die Musik der Party in der Ferne plötzlich ausging. Er roch Lisas Duft und spürte ihre Wärme, als er sie an sich zog.

»Marco!«

Jemand rief nach ihm.

Nicht jetzt.

»*Marco!*«

Sinan. *Mist.*

Lisa löste sich von ihm. Strich sich verlegen eine Haarsträhne hinters Ohr.

»*Marco!* Komm mal her!«

Zögernd, mit einem letzten Blick auf Lisa, kletterte Marco beinahe erleichtert aus dem Auto und lief zum Feuer zurück. »Was ist denn?«

Sinan stand auf einem anderen Autowrack und winkte ihn zu sich. Die anderen Partygäste hatten sich um ihn versammelt und blickten erwartungsvoll zu ihm hoch.

Marco stieg hinauf, und Sinan legte ihm bierselig einen

Arm um die Schultern. Er hob seine Flasche. »Also – erst mal ist es richtig geil, dass ihr alle hier seid!«

Marcos gute Laune kehrte mit Wucht zurück. Wegen Lisa und Karo konnte er auch noch später ein schlechtes Gewissen haben. »Richtig geil!«, bestätigte er lautstark.

Die Leute jubelten und johlten.

Sinan fuhr fort: »Und zweitens. Wie ihr wisst, haben wir morgen ein Spiel gegen diese ... diese Vollspacken von der Ernst-Barlach-Gesamtschule!«

Buhrufe erklangen.

»Ihr müsst alle kommen!«, brüllte Marco.

»Genau«, sagte Sinan. »Es wäre richtig geil, wenn ihr morgen alle kommt und uns supportet! Morgen um fünfzehn Uhr in der Schwimmhalle.«

Wieder Jubel, Zustimmung, Bestätigung. Marco bekam eine Gänsehaut, während sich in ihm ein wunderschönes Wärmegefühl ausbreitete. »Ihr seid echt toll! Und ihr müsst jeden mitbringen, den ihr kennt. Am besten mit weißen Hemden!« Der Applaus und der Jubel steigerten sich noch.

»Der Feind soll die Macht der Welle zu spüren bekommen!«

»Die Welle!«, brüllte Sinan und machte den Gruß. Die meisten taten es ihm sofort nach.

Genau so musste es sein. Marco lachte. »Und jetzt weiterfeiern!«

Und unter lautstarkem Gejohle und zu den Klängen von Nirwana taten die Kids genau das.

Zur gleichen Zeit lief Karo durch die Korridore des leeren Gymnasiums und ließ im kalten Licht der Neonlampen vor jeder Klasse einen Stapel Kopien fallen. *Stoppt die Welle* stand auf den Zetteln. Über den Text kopiert war ein roter transparenter Handabdruck.

Sie hatte lange gebraucht, um die ganzen Kopien zu machen, aber nachdem es ihr aus einem unerfindlichen Grund nicht gelungen war, den Text als E-Mail zu verschicken – angeblich keine LAN-Verbindung –, hatte sie sich nicht anders zu helfen gewusst.

Ihre Schritte klangen unglaublich laut in der leeren Schule, und der Widerhall machte sie nervös. Immer wieder glaubte sie, noch andere Schritte zu hören, aber vermutlich war das Unsinn. Dennoch würde sie heilfroh sein, wenn sie ihr Vorhaben ausgeführt hatte und von hier verschwinden konnte.

Nur noch ein paar Stapel, dann war sie fertig.

Plötzlich ging das Licht aus – in der ganzen Schule, so weit sie durch die Fenster sehen konnte.

Karos Nackenhaare richteten sich auf. Okay, wenn das kein Zeichen war. Sie ließ den letzten Stapel Kopien fallen, drehte sich um, verharrte reglos.

Nein. Da war niemand. Wahrscheinlich gab es in der Schule eine Zeitschaltuhr für die Beleuchtung.

Hastig rannte sie die Treppe hinunter. Die erste Tür zum Schulhof, die sie probierte, war verschlossen. Angst kroch in ihr hoch.

Mach dir nicht ins Hemd. Der Hausmeister hat garantiert schon vor Stunden abgeschlossen. Du hast ihn einfach nicht gehört.

Sie probierte die nächste Tür. Verschlossen. Eine weitere. Wieder zu. Panik packte sie. Als sie die vierte Klinke drückte und die Tür endlich nachgab, wurden ihr vor Erleichterung beinahe die Knie weich.

Zittrig, aber zügig überquerte sie den Schulhof. Sie wurde das Gefühl nicht los, beobachtet zu werden. Da – war da nicht ein Schatten gewesen? Sie musste sich zwingen, um nicht loszurennen und Hals über Kopf zu fliehen.

Mann. Reiß dich zusammen.

Da stand ihr Fahrrad. Einsam an den ansonsten leeren Fahrradständern. Sie kramte den Schlüssel hervor, versuchte ihn ins Schloss zu stecken, schaffte es nicht. Ihre Finger waren zu zittrig. *Verdammt.* Sie zwang sich zur Ruhe. Endlich. Der Schlüssel war drin, das Schloss sprang auf. Kamen da Schritte?

Sie wollte weg, nur weg. Das Pedal blieb am Ständer hängen, sie musste das Fahrrad ein Stück zurückschieben. Das Schloss immer noch in der Hand, stieg sie auf und trat sofort kräftig in die Pedale. Sie blickte sich noch einmal um und sah ein anderes einsames Fahrrad in einem Ständer am unbeleuchteten Rand des Schulhofs stehen.

Nach Hause.

Allein wegen der Angst, die sie empfand, verdiente die Welle diese Aktion. Sie musste aufgehalten werden.

FREITAG

10

Rainer erwachte, noch bevor der Wecker klingelte. Vorsichtig rollte er sich unter Ankes Arm hervor aus dem Bett und blieb einen Moment auf der Kante sitzen. Er hatte Kopfschmerzen.

Zu viel Rotwein. Eine hitzige Diskussion mit Anke. Versöhnung im Bett. Immerhin.

Aber im Grunde genommen hatten sie nichts gelöst. Die Unstimmigkeiten waren nicht bereinigt gewesen, als sie erschöpft von einem eher aggressiven Liebesakt in den Schlaf gedriftet waren. Aber wenigstens hatten sie beide Spannung abbauen können.

Rainer stand leicht schwankend auf und blickte aus dem Fenster. Der Himmel war grau. Das versprochene Gewitter war in der Nacht nicht auf sie niedergegangen. Aber es würde Regen geben.

In Unterhose und T-Shirt trat Rainer hinaus auf den Bootssteg und ging den kurzen Weg zur Auffahrt hinunter. Gott, er hatte einen widerlichen Geschmack im Mund.

Er klappte den Briefkasten unter den Bäumen auf und holte die Tageszeitung heraus. Während er sich umwandte, um wieder zum Bootshaus zu gehen, faltete er sie auf und erstarrte. Auf der Titelseite der Zeitung ein Foto des eingerüsteten Rathauses. Auf der Plane das Logo der Welle. Riesig.

Rainer verschlug es den Atem. *Was bedeutet dieses Zeichen?*, stand fett unter dem Foto. Das Blut in seinen Ohren rauschte plötzlich und er setzte sich langsam in Bewegung. Aber eine Bewegung aus dem Augenwinkel ließ ihn erneut stocken.

Da saß doch tatsächlich Tim Stoltefuss. Blass und übermüdet und unsicher lächelnd. Rainer stöhnte.

Fünfunddreißig Minuten später saßen sie im Auto und hatten den Stadtrand erreicht. Rainer hatte Tim einfach draußen stehen gelassen, seine Sachen aus dem Schlafzimmer zusammengerafft und sich, um Anke nicht zu wecken, im Wohnzimmer angezogen. Unter keinen Umständen hatte sie Tim sehen dürfen. Das hätte dem Streit von gestern neue Nahrung gegeben, zumal die Tatsache, dass Tim vor ihrem Haus übernachtet hatte, ihre Vorwürfe bekräftigt hätte. Er überschreite Grenzen, hatte sie ihm vorgeworfen, habe die notwendige Distanz zu seinen Schülern aufgegeben, weil es ihm viel zu gut gefalle, wie sie ihn anhimmelten. Ja, verdammt, es gefiel ihm, aber nein, er überschritt keinerlei Grenzen. Im Gegenteil: Er ließ sich ja sogar Herr Wenger nennen. Zeigte das nicht, dass er mehr Abstand als sonst wahrte? Er hatte alles unter Kontrolle. Was konnte er denn dafür, dass dieser Spinner zu Hause nicht genug geliebt wurde?

Er war noch immer stocksauer. Und das lag nicht nur daran, dass Tim wie ein braver Hirtenhund – oder eher wie ein dummes Schaf? – draußen ausgeharrt hatte, während er im Haus seinen Kaffee getrunken und versucht hatte, seine Gedanken zu sortieren. Es hatte zu regnen begonnen, aber der Kerl hatte ergeben dort gewartet, wo er ihn stehen gelassen hatte. Wortlos war Rainer an ihm vorbei zum Auto gerauscht. Tim war hastig zur Beifahrerseite gelaufen und eingestiegen.

Nein, dass er so wütend war, lag auch an der Schlagzeile in der Tageszeitung. Das konnte doch wohl nicht wahr sein! Hatten die jetzt alle einen Sprung in der Schüssel? Der mit dem größten saß neben ihm und schwieg betroffen. *Oh Mann. Betroffen sollte er auch sein.*

»Sag mal, was ist eigentlich los mit dir?«, fuhr Rainer ihn an. »Du kannst doch nicht einfach die ganze Nacht wegbleiben.« Stumm sah Tim ihn an. *Klar, dass dir nichts dazu einfällt. Zu so einer hirnrissigen Aktion gibt's auch nichts zu sagen.* »Weißt du eigentlich, was für Folgen das für mich hat?«

Tim wurde eine Antwort erspart, denn in diesem Moment gab es einen dumpfen Laut und etwas Rotes ergoss sich über die Windschutzscheibe.

Rainer verriss vor Schreck das Lenkrad. *Blut*, war sein erster Gedanke, doch als die Scheibenwischer die Schweinerei zur Seite schoben, erkannte er, dass das Unsinn war. Eine Farbbombe.

»Scheiße!« Zittrig fuhr er an den Straßenrand, riss die Tür auf und stieg gleichzeitig mit Tim aus. Oben auf der Eisenbahnbrücke, die über die Straße führte, war gerade noch zu sehen, wie ein Punk mit Tuch vor dem Mund verschwand.

»Die Anarcho-Wichser!«, schrie Tim. »Begreifen Sie jetzt, dass Sie Schutz brauchen?«

Hinter ihnen hupte es und ein kahlköpfiger Typ stieg aus seinem Wagen. »Sag mal, du Penner, geht's eigentlich noch?«, brüllte er Rainer an.

»Is' ja gut«, murmelte Rainer beschwichtigend. Er hatte plötzlich das Gefühl, im falschen Film zu sein. Das konnte doch alles nicht wahr sein, oder?

Wäre er bloß im Bett geblieben.

Es gab Tage, an denen sollte man erst gar nicht aufstehen.

Marco saß an einem Tisch ganz hinten und beobachtete stumm die kleine Truppe, die nun den Klassenraum betrat und vorne am Pult stehen blieb. Kaschi, Jens, Dennis, Sinan. Bomber und Lisa kamen als Letzte. Jeans, weiße Hemden. Genau wie Marco.

Die anderen hatten alle Papierstapel in den Händen und legten sie jetzt nacheinander auf das Pult. Marco wusste genau, was auf den Zetteln stand. Überall das Gleiche. Einer lag vor ihm auf dem Tisch.

Stoppt die Welle!

Bomber ließ als Letzter seine Zettel mit einem vernehmlichen Klatschen fallen. »Ich denke, wir haben jetzt alle.«

Anscheinend waren die sechs sehr gründlich gewesen. Die Zettel hatten vor jeder Klasse gelegen, vor jedem Kursraum. Noch nicht viele hatten sie gelesen, weil sie – der »Kern der Welle«, wie Bomber sie gestern so schön genannt hatte – früh hier gewesen waren. Erstaunlich früh in Anbetracht der Tatsache, dass die Party sich, wie man hörte, bis in die Morgenstunden hingezogen hatte. Als Marco gegen zwei nach Hause gegangen war, hatte gerade jemand ein paar weitere Kästen Bier angeschleppt.

Jetzt wünschte er sich, er wäre mindestens drei Stunden früher gegangen. Oder hätte wenigstens auf den Jägermeister am Schluss verzichtet. Hatte er heute tatsächlich noch ein wichtiges Spiel?

Am liebsten hätte er den Kopf auf den Tisch gelegt und einfach weitergeschlafen. Auch um die vorwurfsvollen Blicke seiner Freunde nicht mehr sehen zu müssen. *He, Leute, habe ich die Zettel etwa verteilt?*

Ganz im Gegenteil. Er hatte die anderen vorgewarnt, dass Karo sich nicht von einem fehlerhaften Internetzugang davon abhalten lassen würde, gegen die Welle vorzugehen. Irgendwann während der gestrigen Party hatte er sich dazu entschieden; es war ihm richtig erschienen. Jetzt war er sich nicht mehr so sicher.

Als er schwieg, ergriff Dennis das Wort. »Wir können uns ja wohl alle vorstellen, wer für diesen Dreck verantwortlich ist, hm?«

Sein Tonfall ärgerte Marco. Er war so ... oberlehrerhaft. »Wir haben keine Beweise.«

Lisa lächelte spöttisch. »Marco – *bitte!*«

Oberlehrer Dennis versuchte es mit der verständnisvollen Tour. Er stemmte die Hände auf den Tisch und sah Marco eindringlich an. »Marco, du willst doch auch, dass es mit der Welle weitergeht, oder?«

»Ja«, gab er gereizt zurück. »Ich red mit ihr.« Die anderen sahen ihn abwartend an. »Aber nach dem Spiel, okay?«

Niemand brachte einen Einwand hervor. Also noch eine Gnadenfrist. Die brauchte er. Mitsamt zwei Aspirin.

»Was machen wir jetzt mit den Zetteln?«, fragte Bomber.

»Vernichten«, antwortete Dennis. Also rafften sie sie zusammen und machten sich auf die Suche nach dem nächstbesten Schredder.

Marco blieb allein im Raum zurück. Er stützte den Kopf auf eine Hand und betrachtete den Zettel vor ihm auf dem Tisch. Einzelne Sätze sprangen ihm entgegen. Karo hatte dick aufgetragen. Aber gelogen hatte sie nicht.

Seit einer Woche gibt es an unserer Schule eine sogenannte Bewegung ... Macht durch Disziplin ... Uniformität durch

Uniformzwang ... Ausgrenzung von Schülern mit konträren Ansichten ... Unterdrückung ... Gewaltandrohungen gegen Schwächere ... geschickte Manipulation von Kindern ... Verharmlosung von Schusswaffen ... muss unbedingt aufgehalten werden ... erschreckende Parallelen zu faschistischen Gesellschaftsstrukturen ... wie weit noch?

Marco stützte den Kopf in beide Hände und schloss die Augen.

Wie weit noch?

Sie waren zu weit gegangen. Seine verdammten Schüler waren zu weit gegangen. Rainer ging nicht durch die Flure, in denen es von Schülern auf dem Weg in die Klassen wimmelte, er rannte beinahe, und wen er dabei anrempelte oder zur Seite stieß, war ihm verdammt egal. Er wusste durchaus, dass Tim Mühe hatte, mit ihm Schritt zu halten, aber das war nicht sein Problem. Er hatte ihn schließlich nicht gebeten, ihm nachzulaufen.

Rainers Tasche wehte förmlich hinter ihm her, als er zu rasch um eine Ecke bog. Er spürte, dass er jemanden getroffen hatte, hörte ein »Autsch«, sah verwunderte Blicke, nahm wahr, dass ihm alle paar Meter jemand ein zackiges »Guten Morgen, Herr Wenger!« zurief. Viele, sehr viele weiße Hemden. Die Dinger schienen sich zu vermehren. Auch er hatte sich wieder eins angezogen. Einen Tag lief ihr Projekt ja schließlich noch.

Rainer betrat die Klasse, ging schnurstracks zum Pult und wartete nicht ab, bis alle standen. Mit Schwung warf er die Tageszeitung aufs Pult. Einige Schüler fuhren bei dem Klatschen sichtlich zusammen.

Rainer hielt sich nicht mit einem Gruß auf.

»Keine Ahnung, wer das war!«, brüllte er. »Ich will auch gar nicht wissen, wie ihr da hochgekommen seid, aber eins ist klar: Das war lebensgefährlich!«

Seine Schüler sahen betreten zu Boden. Rainer rupfte die Zeitung vom Tisch und hielt sie hoch. »Ich habe früher auch Mist gebaut, das könnt ihr mir glauben.« Er ging durch die Reihen. »Aber bei so was hört der Spaß für mich auf!« Bomber schien etwas Interessantes auf der Tischplatte entdeckt zu haben, Sinan verschränkte die Hände vor dem Körper und starrte stur geradeaus.

»Ist das klar?«

»Ja, Herr Wenger.« Kollektives Gemurmel.

Rainer machte kehrt und ging zur Tafel zurück. »Setzt euch hin!«, befahl er barsch. Geräuschloser als üblich gehorchten die Schüler. Am Pult angekommen, drehte er sich um und musterte die Gesichter. Hatten sie es kapiert?

»Ich will, dass ihr alle eure Erfahrungen, die ihr mit der Welle gemacht habt, aufschreibt und am Ende der Stunde hier auf meinen Tisch legt.« Er klopfte auf das Pult, ohne sie aus den Augen zu lassen. Ein paar sahen ihm entgegen, andere hielten noch immer den Blick gesenkt. »Na los! Anfangen!«, fuhr er sie an.

Während die Schüler etwas zu schreiben aus ihren Taschen holten, zog Rainer sich die Lederjacke aus und setzte sich. Die Titelseite der Zeitung mit dem Foto der riesigen Welle schien ihn förmlich anzuschreien.

Was bedeutet dieses Zeichen?

Wahrscheinlich wusste es inzwischen jeder; die Aktion war vorgestern Nacht gelaufen. Wie man dem Bericht entnehmen konnte, war die ganze Innenstadt mit Welle-Aufklebern und

-Graffiti überschwemmt worden. Passanten berichteten von »vermummten Gestalten« und »Vandalismus«, an anderer Stelle war sogar von einem »wütenden Mob« die Rede. Man hätte darüber lachen können, wenn Rainer nicht klar gewesen wäre, dass diese Geschichte in irgendeiner Form ein Nachspiel haben würde.

Er wusste aus den guten alten Randaliererzeiten, welche Wirkung diese Art von Berichterstattung haben konnte.

Seine Schüler hatten die Stadt in Angst und Schrecken versetzt, auch wenn das vermutlich keine Absicht gewesen war. Sie hatten Spaß gehabt; die Gemeinschaftsaktion, der Kick, das Verbotene hatten das Zusammengehörigkeitsgefühl gestärkt. Nun begriff er auch, warum sie gestern nahezu euphorisch gewirkt hatten. Hatten sie die Tage zuvor eher noch etwas zwanghaft versucht, jeden mit einzubeziehen und über – ja, tatsächlich – gewisse »Standesunterschiede« hinwegzusehen, war es über Nacht zu einer Art Verschmelzung gekommen. Nun waren die einzelnen Individuen Bestandteile eines Ganzen geworden, und dieses Ganze war die Welle und plante und handelte gemeinsam. Die Party gestern war sozusagen die logische Folge gewesen: Die Gemeinschaft hatte sich selbst gefeiert.

Was bedeutet dieses Zeichen?

Das fragte er sich auch langsam.

Rainer wurde durch die Klingel aus seinen Gedanken gerissen. Das Ende der Stunde kam überraschend.

»Die Zeit ist um«, sagte er.

Die Schüler murrten nicht, flüsterten nicht, zeigten keine Freude im Angesicht der Tatsache, dass sie den Kurs nun verlassen und die meisten bereits ins Wochenende gehen konnten. Sie packten stumm ihre Sachen zusammen, standen auf und legten ihm der Reihe nach die Zettel aufs Pult.

Nur Marco sagte leise: »Bis gleich dann, Herr Wenger«, und da fiel es Rainer wieder ein.

»Ach ja«, fuhr er fort, als hätte zwischen Anfang und Ende seiner Rede nicht eine ganze Schulstunde gelegen, »das heißt übrigens nicht, dass ich mich nicht freuen würde, heute den einen oder anderen beim Spiel zu sehen. Wir brauchen eure Unterstützung.«

Sinan sah ihn im Hinausgehen an, er nickte ihm zu. Dann waren alle Schüler draußen. Beinahe alle.

»Herr Wenger?«

Tim. Mann, er war froh, wenn er endlich Wochenende hatte und diesen Psycho zwei Tage nicht zu sehen brauchte. Er durfte allerdings unter keinen Umständen vergessen, sich am Montag mit seinem Vertrauenslehrer zusammenzusetzen.

»Herr Wenger, ich weiß, wer das Graffiti am Rathaus gemacht hat.«

Wieder stieg der Zorn in Rainer auf. Das konnte doch jetzt nicht wahr sein! »Tim, habe ich dich aufgefordert, mir den Verantwortlichen zu nennen?«

Tim deutete ein Kopfschütteln an.

»Ich will überhaupt nicht wissen, wer es war. Denn wenn ich es wüsste, müsste ich zur Schulleitung gehen und die Polizei informieren. Das ist nämlich zufälligerweise Sachbeschädigung!« Tim schwieg, schluckte nur, wirkte völlig fertig. War dieser Bursche tatsächlich fast erwachsen? Im Augenblick war nichts davon zu spüren. »Ich hoffe, die Woche hat dir gezeigt, dass es besser ist, wenn man zusammenhält und nicht gegeneinander arbeitet«, fuhr er leiser fort. »Gerade du solltest das berücksichtigen und nicht immer auf Einzelkämpfer machen.«

Tim schien mit den Tränen zu kämpfen. Rainer zwang sich zu einer etwas sanfteren Stimme. »Ich würde mich freuen, wenn du heute zum Spiel kommst.« Er wies mit dem Kopf leicht zur Tür, um ihm zu bedeuten, dass er entlassen war. »Okay?«

Tim hatte sich wieder gefangen. »Okay«, sagte er. Und ging.

Rainer seufzte. Projekt beendet. Zeit, wieder Normalität einkehren zu lassen.

Zeit, bei Anke ein wenig Schönwetter zu machen.

Nach dem Spiel.

Karo und Mona näherten sich der Schwimmhalle. Inzwischen schien wieder die Sonne und vor der Halle herrschte regelrechte Festtagsstimmung. Leute kamen mit Rasseln, Pfeifen, Tröten und Hupen aus allen Richtungen, und Karo konnte nur staunen. Marco hatte ihr immer erzählt, wie schlecht besucht die Spiele waren; davon konnte heute wohl keine Rede sein. *Warum warst du eigentlich nie da?*, flüsterte ein leises, aber beißendes Stimmchen in ihrem Kopf.

Halt die Klappe.

Mit Unbehagen nahmen die beiden Mädchen wahr, wie viele Schüler in weißen Hemden gekommen waren. Aber was sie wirklich alarmierte, war die Tatsache, dass Bomber und Sinan aus einem Kofferraum Welle-Hemden verteilten.

Brav und wie selbstverständlich stellten sich Mädels in knackigen Tops und Jungs in Baggypants in eine Schlange und holten sich ihre Uniform ab.

Mona schnaubte verächtlich und zog Karo auf eine kleine Mauer etwas abseits, als gerade ein Bus ankam, aus dem noch mehr Zuschauer quollen. Jemand hatte das Welle-Logo hinten auf den Bus gesprüht.

Sie mussten ihr weiteres Vorgehen planen.

Die Aktion der vergangenen Nacht war umsonst gewesen. Als Karo nach einer sehr, sehr unruhigen Nacht heute Morgen in die Schule gekommen war, herrschte nicht die erwartete Empörung, die sie durch ihr Flugblatt zu erzeugen erhofft hatte. Die Erklärung war simpel: Kaum einer hatte das Blatt gelesen. Die Welle-Leute waren früh gekommen und hatten eingesammelt, was immer sie hatten finden können, bevor das Gros der Schüler eingetroffen war. Das war bitter, und Karo fragte sich, ob sie sich gestern vielleicht doch nicht nur eingebildet hatte, beobachtet zu werden.

Mona hatte getobt, als sie davon erfahren hatte, und gemeinsam hatten sie sich darangemacht, neue Kopien anzufertigen. Diese hatten sie jetzt in ihren Taschen. Sie brauchten nur eine Gelegenheit, sie zu verteilen.

Dies einfach hier vor der Halle zu tun, hatte keinen Sinn. Hier wimmelte es nur so von Welle-Leuten und man würde sie schneller aufhalten und die Zettel vernichten, als sie »Stoppt die Welle!« rufen konnten. Also mussten sie sich etwas anderes einfallen lassen.

Vor allem mussten sie erst einmal hinein.

Aber das war gar nicht so leicht, wie sie ein paar Minuten später feststellten. Unten an der Treppe zur Zuschauertribüne stand Bomber wie ein professioneller Bodyguard und kam sich anscheinend auch genauso wichtig vor. Karo und Mona wollten an ihm vorbei, als er blitzschnell den Arm ausstreckte und ihnen den Weg versperrte. Gleichzeitig gingen ein paar Schüler an seiner anderen Seite unbehelligt vorbei.

»He!«, rief Mona wütend.

»Ich kann euch so nicht reinlassen.«

»Was?«, fragte Karo. »Und wieso nicht?«

Bomber sah Karo an. »Holt euch ein Welle-Hemd. Draußen sind noch welche.«

»Ich will euer Scheiß-Welle-Hemd aber nicht tragen«, gab sie zurück.

Bomber verengte die Augen, als ob ihm die Geduld ausginge. »Alle tragen die. Jetzt stell dich nicht so an.«

Wieder kamen zwei Kids – im weißen Hemd. Bomber nickte ihnen zu, machte den Welle-Gruß. »Die rechte Seite ist für uns geblockt.«

Karo und Mona sahen sich an. »Ihr spinnt doch total«, zischte Karo.

Okay. Sie würden schon einen Weg hineinfinden. Irgendwie. Und jetzt erst recht.

Anpfiff.

Der Schiedsrichter ließ den Ball ins Becken plumpsen. Spieler auf beiden Seiten pflügten durchs Wasser. Sinan und sein Lieblingswidersacher Bobby erreichten den Ball fast zeitgleich. Bobby bekam ihn zu fassen und lachte Sinan ins Gesicht. Zu zuversichtlich. Sinan zog sein Bein durchs Wasser und trat ihm den Ball aus der Hand. Ohne zu zögern passte er zu Marco, der in Tornähe schwamm. Marco warf und – Tor!

Keine Minute gespielt! Das Publikum tobte.

Und Rainer schrie vor Begeisterung laut auf.

So was hatte die Halle noch nicht erlebt. Die Tribünen waren voll, die Zuschauer aus dem Häuschen. Ein kompletter Block Sitzplätze war mit weißen Hemden besetzt, Transparente der Welle hingen am Geländer. Sinan und Marco klatschten sich ab.

Das war ein echtes Heimspiel.

Heute machen wir sie fertig!

Ein rasanter Ballwechsel. Seine Jungs waren hochkonzentriert. Aber die Mannschaft der Ernst-Barlach-Gesamtschule war ebenfalls gut und jetzt vermutlich angefressen. Einen solchen Zustrom an Fans auf der Gegnerseite hatte sie garantiert nicht erwartet.

Ein Foul, ein Pfiff. Es ging weiter. Bobby schleuderte ihrem Torwart einen Ball entgegen, den der unmöglich halten konnte. Tor für die Gesamtschule. Im anderen Block sprangen die Zuschauer von den Sitzen. Bobby stieß einen triumphierenden Schrei aus.

Jetzt waren sie wieder im Ballbesitz. Das Wasser schien zu kochen, als die Schnellsten zur anderen Beckenseite kraulten.

»Nach vorne jetzt!«, brüllte Rainer. »Los, los!«

Marco hatte den Ball. Wieder ihr Teamspiel. Er passte zu Sinan, Sinan warf ins Tor – und hob vor Freude die geballte Faust!

Nichts hielt die Welle-Leute mehr auf ihren Plätzen. Das Getöse war ohrenbetäubend.

»Ja!« Rainer konnte es kaum fassen. Wieder in Führung.

»Was sagst du jetzt?«, rief Sinan Bobby zu.

»Halt die Fresse, Alter!«

Sinan grinste nur.

Und schon schossen sie wieder hinter dem Ball her.

Es war ein rasantes Spiel. Die Tore fielen in schnellem

Tempo, aber sie blieben in Führung. Rainer brüllte sich heiser, die Zuschauer oben auf der Tribüne hüpften, klatschten und lärmten mit Rasseln und Trommeln. Dann Buhrufe und ein schriller Pfiff des Schiedsrichters, als Bobby Sinan unter Wasser drückte.

»Verpiss dich, Mann!«, brüllte Sinan, als er prustend wieder auftauchte. Der andere lachte nur.

»Nicht aufgeben!«, schrie Rainer. »Ihr seid noch immer in Führung!«

Die Halle brodelte. Sprechchöre, Singsang, Jubeln.

Und dann noch etwas anderes. Frauenstimmen.

Stoppt die Welle.

Irritiert blickte Rainer sich um. Die Schiedsrichter und der Trainer der anderen Mannschaft sahen zur Tribüne hinauf. Rainer folgte ihrem Blick und entdeckte Karo und Mona. Ein Blätterregen ging auf die Zuschauer nieder. Auch die Spieler im Wasser sahen nach oben. Das Spiel war einen Moment wie eingefroren.

Die Zuschauer auf der Tribüne gerieten in Bewegung. Leute bückten sich, sammelten die Zettel ein. Aus dem Augenwinkel sah Rainer, wie sich auf dem Wasser etwas tat – eine hektische Bewegung, ein Handgemenge. Gleichzeitig beobachtete er, wie Kevin oben auf der Tribüne einem Jungen, der kein weißes Hemd trug, ins Kreuz trat. Der rappelte sich auf und stürzte sich auf Kevin. Plötzlich war dort oben die Hölle los.

Rainer konnte es nicht glauben. Wie in Trance wandte er sich ab und blickte aufs Wasser. Die meisten Spieler beobachteten, was sich über ihnen abspielte. Nur Marco nicht. Marco sah sich suchend um. Wonach sah sich Marco um?

Wo ist Sinan?

Rainer trat hastig näher an den Beckenrand. Dort unten im Wasser spielte sich etwas ab. Zwei Gestalten. Er sah schemenhaft Arme und Beine wirbeln, dann quoll eine rote Wolke nach oben.

Verdammte Scheiße.

Er hechtete mit einem Kopfsprung hinein.

Die Stille unter Wasser war atemberaubend. Mit kräftigen Zügen schwamm Rainer zu den beiden kämpfenden Personen. Sinan hielt Bobby von hinten umklammert. Rainer riss an Armen und Beinen, drängte die beiden auseinander, stieß sie in die Rippen, bis sie endlich voneinander abließen. In ihrer Mitte schwamm er an die Oberfläche und rang um Atem. Er zog sich am Beckenrand hoch, reichte Sinan die Hand und brüllte sofort auf ihn ein. »Sag mal, seid ihr bescheuert oder was? Was machst du denn?«

Schrille Pfiffe der Schiedsrichter. Das Spiel wurde abgepfiffen. Sinan spuckte Blut. »Was ist denn in dich gefahren?«, schrie Rainer verzweifelt.

Die Jubelrufe waren verstummt, stattdessen aggressives Geschrei. Ein paar Meter weiter machte der Schiedsrichter der Gesamtschule Bobby zur Schnecke. Oben auf der Tribüne drängten die Leute hinaus.

Rainer wusste nicht, ob er vor Wut auf Sinan einschlagen oder endgültig resignieren sollte. Sie hatten in Führung gelegen. Sie hätten das Spiel gewonnen.

Stattdessen war das Spiel vorbei.

Eindeutig.

11

Als Rainer den Wagen auf dem Parkplatz des Hausboots abstellte, sah er Ankes Auto im Rückspiegel die Auffahrt hinaufkommen.

Gott sei Dank. Er brauchte dringend jemanden zum Reden, jemanden, der ihm einen gewissen Trost spendete. Er war noch immer aufgewühlt und erschüttert.

Er stieg aus und ging auf ihren Wagen zu, um ihr zu erzählen, was geschehen war. Auf halber Strecke blieb er zögernd stehen. Ihre Miene verriet ihm, dass sie es schon wusste.

Sie packte ihre Tasche auf dem Beifahrersitz, stieg aus und warf die Autotür zu.

»Ich glaub's nicht!«, fauchte sie ohne Einleitung. »Ich fass es einfach nicht!«

Verdammt, konnte sie nicht wenigstens in diesem Moment auf seiner Seite sein?

Er hatte keine Kraft mehr, sich zu rechtfertigen. Er machte auf dem Absatz kehrt und ging zum Haus.

Sie folgte ihm zeternd und brüllend.

Und so erfuhr er, dass sie sich ausnahmsweise das Spiel hatte ansehen wollen. Leider war sie zu spät gekommen, und als sie die Halle betreten wollte, hatte man ihr kurz und bündig mitgeteilt, dass sie leider nicht hineinkönne, weil die Schwimmhalle zurzeit geräumt wurde. Och, nur eine kleine Schlägerei. Ja genau, eine Schlägerei. Was? Ob unter den Spielern oder im Publikum? Oh, überall. Nur die Trainer nicht, wie es hieße. Ha, ha.

Rainer hatte das Haus erreicht und trat ein, ohne ihr wie üblich den Vortritt zulassen. Er ging direkt in die Küche und warf seine Tasche auf den Tisch. Was für ein beschissener Tag. Spielten denn heute alle verrückt?

Anke war noch nicht fertig. Sie kam ihm nach. »Und du hast sie überhaupt erst auf diesen Trip gebracht.«

Rainer hatte langsam genug. Die aufkommende Wut vertrieb seine Erschöpfung. »Ich habe ihnen doch nicht gesagt, dass sie ihren Gegnern in die Fresse schlagen sollen«, erwiderte er scharf.

Sie blieb ebenfalls am Küchentisch stehen. »Nee, *das* hast du natürlich nicht gemacht!«

Oh ja, ihm reichte es. »Was soll denn das heißen?«

»Du genießt es doch, wie sie dich vergöttern, wie sie alle in deinen Unterricht strömen, dir an den Lippen hängen.«

Er wandte sich zu ihr um und sah ihr direkt in die Augen. »Was willst du mir denn jetzt erzählen? Dass dir das nicht gefallen würde, wenn sie dir an den Lippen hingen?« Seine Stimme stieg an. »Mann, du bist Lehrerin. Was machst du dir denn da vor?«

Sie verdrehte die Augen. »Darum geht's doch überhaupt nicht. Die Schüler sehen in dir ein Vorbild und du manipulierst sie für deine Zwecke!« Auch sie wurde nun lauter. »Das ist nur noch dein Egoding! Merkst du das eigentlich nicht?«

Was war denn das – ein Anfall von Hysterie? Rainer hatte Mühe, sich zu beherrschen. Am liebsten hätte er sie gepackt und geschüttelt. »Weißt du, was ich glaube? Ich glaube, du bist verdammt noch mal eifersüchtig!«

»*Was?*«

»Ja, eifersüchtig, dass sie in dir kein Vorbild sehen, trotz deines Einserdiploms. Jetzt zeigt dir der Schmalspurpädagoge mal, wo's langgeht.«

Sie starrte ihn fassungslos an. »*Schmalspurpädagoge*«, wiederholte sie. »Aha, das ist also das Problem.«

»Ja«, fuhr er sie an, »das ist doch genau das, was ihr von mir denkt. Abi auf dem zweiten Bildungsweg. Sport und Politikwissenschaft. Was ist denn das schon?«

Sie schüttelte nur den Kopf und lachte vollkommen humorlos. »Ich hätte nicht gedacht, dass das so tief sitzt.«

»Ach nein?« Er hätte kotzen mögen. »Wenigstens muss ich nicht jeden Montagmorgen Baldrian nehmen, weil ich verschissene Angst vor der Schule habe!« Den letzten Satzteil hatte er herausgebrüllt.

Anke stand da, schien etwas sagen zu wollen, es aber nicht herauszubekommen. Sie presste die Lippen zusammen und sah ihn einen Moment von oben bis unten an. Dann wandte sie sich wortlos ab.

Scheiße.

Rainer wusste, dass er entschieden zu weit gegangen war, aber er hatte keine Ahnung, was er tun sollte. Er stand nur da, mit hängenden Armen, und starrte ins Nichts, als sie zurückkam, ihre Tasche griff und zur Tür ging.

Nun kam Bewegung in ihn. »Anke.«

Sie reagierte nicht. Er holte sie ein, hielt sie am Arm fest, und sie wirbelte zu ihm herum.

»Anke. Ich hab's nicht so gemeint.«

»Doch.« Wieder starrte sie ihn an, diesmal beinahe hasserfüllt. Rainer war entsetzt. »Du hast es gesagt und du hast es gemeint. Du hast dich in den letzten Tagen zu so einem Arschloch entwickelt. Lass mich bloß in Ruhe.«

Er hörte das Krachen der Tür, kurz darauf das Aufheulen eines Motors. Er wandte sich um, ging in die Küche zurück und trat gegen einen Stuhl.

»Scheiße!«

Draußen grollte es. Jetzt kam das Gewitter.

Ein Blitz zuckte über den dunklen Himmel. Mit dem Grollen setzte der Regen ein. Karo war es egal, ob sie nass wurde oder nicht. Sie wollte nur weg von diesem ignoranten Idioten, den sie zu lieben geglaubt hatte. Marco hatte sie gebeten, sich mit ihm noch spät im Garten zu treffen, und sie hatte es getan, weil sie die alberne Hoffnung gehegt hatte, er hätte seinen Irrtum eingesehen. Aber sie musste wohl unendlich naiv sein. Natürlich wollte er sie bloß anschnauzen. Tja, das musste sie sich nicht bieten lassen. Sie drehte sich auf dem Absatz um und lief zum Haus zurück.

»Karo, warte doch mal!«, rief er und rannte ihr nach. »Was war denn das vorhin? Seid ihr verrückt geworden, oder was? Das könnt ihr doch nicht so einfach machen. Für wen hältst du dich – Sophie Scholl oder was?«

Er hatte sie eingeholt und sie wirbelte zu ihm herum. »Frag dich doch lieber mal, was mit euch eigentlich los ist. Was war denn das heute in der Schwimmhalle, hm?«

»Es war zum ersten Mal richtig voll«, sagte er überdeutlich.

»Und die Prügelei?«

»Das war doch nur wegen diesem Scheiß hier!« Er hob die Hand mit den Kopien und schüttelte sie.

»Du kapierst gar nichts, oder?«

»Wir hätten gewonnen, wenn du nicht alles versaut hättest.« Er sah auf sie herab und kam drohend einen Schritt näher. »Das hätte dich geärgert, was? Das wäre zum ersten Mal *meine* Show gewesen.«

Sie schüttelte den Kopf. »Idiot.« Dann wandte sie sich um und ging.

»Karo!«, sagte er und hielt sie fest.

Sie machte sich los. »Hör auf damit.«

»Lass mich nicht so arrogant stehen!«, brüllte er und packte sie wieder am Arm. Fest diesmal. Sie wehrte sich, kam nicht los, stieß ihn gegen die Brust, versuchte, nach ihm zu schlagen. Wütend packte er ihre Handgelenke und rang mit ihr. Plötzlich gelang es ihr, eine Hand zu befreien und ihm eine Ohrfeige zu verpassen. Wie im Reflex holte er aus und schlug ihr mit dem Handrücken hart ins Gesicht.

Karo wich zurück. Sie berührte ihre Lippe und betrachtete das Blut auf ihrem Finger. Er hatte sie geschlagen. Er hatte sie wirklich geschlagen! *Dieser Mistkerl!*

Sie hob den Blick. Marco stand vor ihr und starrte sie entsetzt an. Bittend streckte er die Hand nach ihr aus, aber sie fuhr zurück. »Fass mich nicht an«, flüsterte sie. Dann lauter. »Fass mich nicht an!«

Sie spürte die Tränen in den Augen brennen, hörte sie in ihrer Stimme, aber sie konnte nichts dagegen tun. »Hau ab!«, schrie sie und sah Marco zusammenzucken.

Einen Moment stand er unschlüssig da. Sah sie an. Bittend. Und wütend. Dann machte er auf dem Absatz kehrt und rannte davon.

Komm nie wieder, dachte Karo. Und dann fing sie an zu weinen.

Marco rannte, so schnell er konnte. Er riss sein Fahrrad von der Mauer, an der es lehnte, schwang sich hinauf und trat in die Pedale.

Gott – was war in ihn gefahren?

Er hatte Karo geschlagen. Wie hatte er so etwas tun können? Sie bedeutete ihm so viel, und er hatte sie geschlagen. *Wieso?* Er konnte es sich nicht erklären. Diese ganze Woche hatte ihn vollkommen durcheinandergebracht. All das Neue, das auf ihn eingeströmt war, das war zu viel. In nur fünf Tagen war er aus einer Lethargie herausgerissen worden, die ihm nicht einmal bewusst gewesen war. Er hatte sich in eine völlig neue Gemeinschaft eingefügt und plötzlich eine Art von Familiengefühl erfahren. Und dieses Gefühl war so schön gewesen, dass er alles andere verdrängt hatte: das wachsende Unbehagen über die Tatsache, dass sie zwar eine Gemeinschaft bildeten, es aber auf Kosten anderer taten. Das Wissen, dass diese Gemeinschaft Regeln aufstellte, die aus guten Gründen irgendwann abgeschafft worden waren. Dass Karo vielleicht ichbezogen handelte, aber dennoch Recht hatte mit ihrem Protest. Ja, sicher, Gemeinschaft machte stark, aber zu welchem Preis?

Dass er seine Freundin betrog, verriet und dann auch noch schlug?

Verdammt. Er musste mit jemandem reden. Und ihm fiel nur einer ein.

Die Sonne war längst untergegangen, aber Rainer saß immer noch reglos in der Küche und starrte ins Leere. Er wusste nicht, welches Gefühl in ihm vorherrschte: Trauer, dass Anke gegangen war und ihn mit seinem Frust alleinließ, oder die Wut darüber, dass sie genau das getan hatte. Trauer, dass die Welle

Anlass für Streit und sogar Gewalttätigkeiten geworden war, und Wut, dass anscheinend keiner sehen wollte, welche positiven Effekte dieses Projekt gehabt hatte.

Vor ihm lag der Stapel von Arbeiten, die seine Schüler heute Morgen angefertigt hatten. Er hatte sie bereits gelesen, solange das Tageslicht gereicht hatte. Es hatte ihn erschüttert, erfreut, bestätigt und … entsetzt.

Was war seine ursprüngliche Absicht gewesen? Vor genau einer Woche war ihm die Idee gekommen, und doch schien es ihm, als sei es bereits Monate her. So vieles war passiert, so rasch hatten sich die Schüler in genau die Richtung entwickelt, die er ihnen vorgezeichnet hatte.

Nur war ihm vorher nicht klar gewesen, dass sie gewisse Strukturen, Ideen und Vorschläge aufsaugen würden wie ein Schwamm, weil er ihnen damit etwas anbot, was ihnen vorher gefehlt hatte. Freundschaft. Gemeinschaft. Gleichheit. Integration in eine Gruppe. Geborgenheit.

Und was hatte er jetzt damit bewiesen?

Dass Gemeinschaftssinn gut war? Ja, sicher. Nur dass sie diesen Gemeinschaftssinn allein auf ihre Gruppe angewandt hatten. Sie hatten die Schule in »Wir« und »Ihr« eingeteilt.

Und er selbst hatte das gefördert. Er hatte seine Schüler als Versuchskaninchen missbraucht. Für ein Experiment, das er nicht scharf genug im Auge behalten hatte und das dennoch – oder gerade deswegen? – ein voller Erfolg geworden war. Die Welle hatte sich selbstständig gemacht.

Oh ja, Anke hatte Recht gehabt. Es tat gut, sich bewundern zu lassen, und ein bisschen Macht war auch etwas Feines. Aber war er denn wirklich so eitel, dass er darüber das Wohl seiner Schüler vergaß?

Er blickte wieder auf den Stapel Zettel hinunter, auf den er seine Hand gelegt hatte. Hier stand so viel Gutes drin; darin steckten Hoffnungen und Träume und Sehnsüchte, die durch die Welle ein kleines Stück näher in den Bereich des Möglichen gerückt waren. Konnte man das denn alles vernichten?

Er stand müde auf, nahm die Zettel, ging ins Wohnzimmer und schaltete das Licht ein. Er ließ sich auf die Couch fallen und begann erneut zu lesen.

… Eigentlich hatte ich immer alles, was ich wollte. Geld, Klamotten … aber vor allem Langeweile. Aber in der vergangenen Woche habe ich gesehen, wie befriedigend es ist, sich für andere einzusetzen …

… Jetzt geht es nicht mehr darum, wer der oder die Beste, Schönste, Erfolgreichste ist. Herkunft, Religion und soziales Umfeld spielen keine Rolle mehr …

… Die Welle gibt uns wieder eine Bedeutung, Ideale, für die es sich lohnt, einzustehen …

… Früher habe ich andere fertiggemacht. Ziemlich asi, wenn ich ehrlich zu mir bin. Es ist viel besser, sich für eine gute Sache einzusetzen …

… Wenn sich jeder auf den anderen verlassen kann, erreichen wir so viel mehr …

… dafür bin ich bereit, mich selbst zurückzunehmen …

Ein Klopfen riss ihn aus den Gedanken. Anke? Hoffentlich. *Unsinn.* Anke würde nicht klopfen.

Er stand auf und öffnete.

Draußen stand Marco. Klatschnasse Haare, ein durchweichtes Hemd, die Jeans dunkel vor Nässe.

»Was machst du denn hier?«, fragte Rainer. Er wusste selbst, dass er sich nicht gerade freundlich anhörte.

»Ich … ich habe Scheiße gebaut.«

Ach. Wer nicht?

Rainer seufzte. »Komm rein.«

Marco ging voran in die Küche. Rainer zog die Tür zu und folgte ihm. »Was ist los?«

Marco trat von einem Fuß auf den anderen. Er konnte Rainer nicht ansehen. »Ich … ich habe Karo geschlagen.«

»Du hast *was*?«

Jetzt sah ihm Marco direkt in die Augen. »Ich hab Karo geschlagen.«

»Warum?«, fragte Rainer lahm.

Marco hatte Mühe, die Tränen zu unterdrücken. »Ich weiß auch nicht«, platzte es aus ihm heraus. »Wir haben uns gestritten. Wegen …« Er brach ab, setzte neu an. »Diese ganze Scheiße hat mich total verändert. Ich … ich liebe Karo. Ich hab sie trotzdem geschlagen. Diese Pseudo-Disziplin, das … das ist doch alles Fascho-Scheiße.«

Vielleicht, dachte Rainer grimmig. *Aber bis vorhin hat es dir gefallen.*

Marco versuchte, sich ein wenig zu beruhigen, aber er atmete schwer. »Du musst das abbrechen.«

Weg war Herr Wenger. Sie waren wieder auf Du. Das Spiel war vorbei. Rainer spürte in seinem Inneren einen vagen Verlust, aber er konnte das Gefühl nicht deuten. Nicht jetzt.

»Rainer!«, sagte Marco eindringlich.

Rainer wandte den Blick ab. »Ich überleg mir was.«

Marco schüttelte den Kopf. »Du musst das abbrechen. *Sofort!*«

»Sag du mir nicht, was ich machen soll«, gab Rainer gefährlich leise zurück. *Warst du nicht einer von denen, die heute*

Morgen noch die Welle in ihrem Aufsatz in den höchsten Tönen gelobt haben?, hätte er gerne hinzugefügt, aber er schwieg. Er hatte keine Kraft für noch einen Streit.

Eine halbe Stunde später erhielt Frau Dr. Kohlhage einen Anruf von Rainer Wenger. Sie hatte schon den ganzen Abend darauf gewartet. Nachdem sie ihn wegen der Vorfälle am Nachmittag verbal einen Kopf kürzer gemacht, ihm die Folgen vor Augen gehalten und ihm Versetzung angedroht hatte, bat er sie darum, dennoch morgen die Aula nutzen zu dürfen. Er wolle keinesfalls beschönigen, was geschehen war, versicherte er ihr, er wolle die komplette Verantwortung übernehmen. Aber er müsse das Projekt zu einem Abschluss bringen.

Und er bat sie um noch etwas.

Vertrauen.

Wiederum zehn Minuten später erhielten Kevin, Bomber, Kaschi, Sinan, Dennis und einige andere eine SMS. Von ihrem Lehrer, Herrn Wenger.

»Morgen zwölf Uhr, Aula. Es geht um die Zukunft der Welle. Weiterschicken, aber nur an Mitglieder und Sympathisanten.« Drei Ausrufezeichen.

SAMSTAG

12

Rainer war schon vor der Morgendämmerung wach. Er hatte kaum geschlafen. Anke war nicht zurückgekehrt, und er vermisste sie gerade jetzt. Er hatte keine Ahnung, wo sie übernachtet hatte, aber er hatte sich auch nicht dazu durchringen können, herumzutelefonieren. Selbst, wenn er sie gefunden hätte – er wollte keinen neuen Streit provozieren. Und er wollte nicht riskieren, dass sie ihn von seinem Plan abbrachte. Denn er musste ihn durchziehen, koste es, was es wolle.

Er verbrachte die frühen Morgenstunden damit, im Dunkeln zu sitzen, nachzudenken und das, was er sagen würde, noch einmal durchzugehen. Irgendwann musste er doch noch einmal eingeschlafen sein, denn er erwachte frierend, auf dem Sessel zusammengesunken, und draußen war es hell.

Der Kaffee brannte in seinem Magen wie Säure, aber er trank ihn trotzdem schwarz und anschließend gleich noch eine weitere Tasse. Er brauchte einen klaren Kopf. Dann zog er sich an. Jeans. Weißes Hemd. Lange betrachtete er den Menschen, den er im Spiegel sah. Der ihm mit versteinerter Miene entgegenblickte.

Dann wandte er sich ab. Er musste los.

Die Aula war voll. Von den ersten bis zu den letzten Reihen war beinahe jeder Platz mit einer Person in Jeans und weißem Hemd besetzt. Die Teilnehmer am Autokratiekurs waren – mit

Ausnahme von Karo und Mona natürlich – geschlossen erschienen, ja, auch Marco und sogar Kevin, der nun doch ein weißes Hemd trug. Sehr viele aus dem Anarchiekurs waren anwesend, die Wasserballmannschaft inklusive Ersatzspieler, Schüler aus Parallelklassen, Schüler aus dem gestrigen Publikum, Schüler aus der Mittelstufe, Schüler, die vermutlich von einer anderen Schule kamen ... es war überwältigend.

Und was sich da in der Aula versammelt hatte, war keinesfalls ein ungeordneter Haufen lachender, scherzender oder genervter Jugendlicher. Dort saßen junge Menschen, die diszipliniert wirkten in ihrer Uniform aus weißen Hemden und sich nur leise unterhielten. Sie warteten auf ihren Lehrer, dem sie vertrauten, der ein Vorbild war, der ihnen sagte, wie man das Leben anzupacken hatte. Jugendliche, die bis vor Kurzem mehr oder weniger orientierungslos durch den Tag gedriftet waren. Spaßkids, die Entertainment als ihr höchstes Gut betrachtet hatten. Die aus Hilflosigkeit und Frustration auf andere eingeprügelt hatten. Und die, denen die bestehenden Regeln gleichgültig gewesen waren.

Sie alle hatten die neuen freiwillig akzeptiert.

Rainer spähte durch den Bühnenvorhang auf das Publikum. Es gehörte ihm.

»Herr Wenger?«

Er wandte langsam den Kopf. Tim kam über das Treppchen hinter dem Vorhang auf die Bühne.

»Es ist Viertel nach zwölf.«

Rainer nickte und sah wieder durch den Vorhang hinaus. »Dann verriegele jetzt die Türen. Ich will nicht gestört werden.«

»Alles klar.«

Aber Tim ging noch nicht sofort. »Herr Wenger?«
Er reagierte nicht.
»Ist es in Ordnung für Sie, wenn ich während Ihrer Rede vorne stehe? Dann hab ich den Saal besser im Blick.«
»Von mir aus.«

Tim nickte, zog sich ein paar Schritte zurück und verließ den Bühnenbereich. Durch den Vorhang sah Rainer, wie er mit Bomber sprach, der an einer der Türen stand. Bomber rief die letzten Leute herein, schloss die Tür und legte den Riegel um. Tim machte dasselbe auf der anderen Seite der Aula. Die oberen Eingänge waren gar nicht erst geöffnet worden.

Rainer wartete, bis die Letzten ihre Plätze eingenommen hatten. Bomber blieb mit verschränkten Armen an der Tür stehen. Tim trat wie angekündigt vor die Bühne.

Draußen wurde es still. Langsam ging Rainer hinaus.

Die Schüler und Schülerinnen standen gleichzeitig auf. Es war ruhig, so unglaublich ruhig. Rainer blieb stehen, betrachtete sie einen Moment, machte den Welle-Gruß. Völlig synchron erwiderten sie ihn und setzten sich anschließend unheimlich geordnet und unheimlich ruhig wieder hin.

»Ich bin sehr beeindruckt«, begann Rainer. Seine Stimme trug mühelos in der Stille. »Die Welle hat euch viel gebracht. Und deshalb bin ich der Meinung, dieses Projekt darf nicht einfach so enden.«

Applaus brandete auf. Marco sprang vom Sitz.

»Rainer, was soll der Scheiß?!«

Rainer rührte sich nicht, verzog keine Miene. »Marco, setz dich hin.«

Köpfe wandten sich zu Marco um. Irritierte und verärgerte Blicke trafen ihn.

»Ja, aber ... Mann, die Leute denken doch ...!«

»Ich hab gesagt, du sollst dich hinsetzen!« Barscher jetzt.

Es war absolut still. Niemand sagte etwas, protestierte. Stumm sahen sie ihren Mitschüler an.

Marco setzte sich, einen fassungslosen Ausdruck im Gesicht.

Rainer sprach weiter, als sei nichts gewesen. »Seit Jahren geht es mit Deutschland bergab.« Er verschränkte die Hände hinter dem Rücken. »Wir sind die Verlierer der Globalisierung. Die Politik will uns weismachen, dass immer mehr Leistung der einzige Weg aus der Krise ist.« Er ließ seinen Blick über die Köpfe der Anwesenden gleiten. »Aber Politiker sind nur Marionetten der Wirtschaft.« Ein Lächeln von Jens. »Die Arbeitslosenquote soll angeblich sinken. Wir sind auch noch Exportweltmeister.« Rainer hatte begonnen, langsam auf der Bühne auf und ab zu gehen. »Aber in Wirklichkeit ist es doch so: Die Armen werden immer ärmer und die Reichen immer reicher!«

Wieder brandete Applaus auf, diesmal untermalt von zustimmenden Rufen. Doch seine Zuhörer wurden rasch wieder still. Sie wollten hören, was er zu sagen hatte.

»Die einzig große Bedrohung ist der Terror. Ein Terror, den wir selbst geschaffen haben. Durch die Ungerechtigkeit auf der Welt, die *wir* zulassen.« Sie hingen nun tatsächlich an seinen Lippen. Er hatte sie ganz in seinen Bann gezogen. »Und während wir unseren Planeten langsam, aber sicher zugrunde richten, sitzen da irgendwelche Superreichen und reiben sich die Hände, bauen Raumkapseln und gucken sich das Ganze auch noch von oben an.« Er brüllte nun und sein Publikum dankte es ihm mit erneutem Applaus.

Marco hatte sich während seiner Ansprache erregt umgesehen. Nun sprang der Junge wieder auf.

»Merkt ihr denn nicht, was er vorhat?«, rief er in die Aula. »Er will euch alle manipulieren.«

Rainer holte Luft, um ihm einen Befehl zuzubrüllen, aber es war nicht nötig. Dennis, der ziemlich weit vorne saß, drehte sich um.

»Marco, jetzt ist gut, setz dich hin«, sagte er, als spräche er mit einem kleinen ungezogenen Jungen.

Rainer nickte ihm kurz zu. »Du wirst mich nicht daran hindern, die Wahrheit zu sagen, Marco.«

Aber Marco schüttelte heftig den Kopf und hob beschwörend die Hände. »Die Welle ist das eigentliche Problem.«

Unruhiges und empörtes Gemurmel ging durch die Reihen.

»Nein«, fuhr Rainer ruhig fort. »Die Welle ist der einzige Weg, dieser Entwicklung entgegenzutreten. Denn gemeinsam können wir alles schaffen!«

Jubelrufe und Applaus, und Rainer hob wieder die Stimme, um sich gegen den Lärm verständlich zu machen. »Wir – *wir* haben hier heute die Möglichkeit, Geschichte zu schreiben!« Diesmal wartete er ab, bis wieder Ruhe einkehrte. Dann sah er über die vielen Köpfe hinweg zu Marco, der noch immer stand. »Deine Freundin hat dich gegen uns aufgehetzt. Das ist dein Problem.«

»Das ist nicht wahr!«, rief Marco.

»Natürlich ist das wahr«, meldete sich Lisa zu Wort. »Sie hat dich doch mit ihrem Scheiß komplett infiziert.«

Bevor Marco noch etwas erwidern konnte, ergriff Rainer wieder das Wort. »Du wirst uns nicht aufhalten. Von hier aus wird die Welle ganz Deutschland überrollen!« Und über den einsetzenden Jubel schrie er: »Und wer sich uns entgegenstellt, der wird von der Welle plattgemacht!«

Der Applaus wurde frenetisch.

»Richtig so!«, brüllte Tim, der immer noch auf seinem Posten vor der Bühne stand.

Ein paar Jungs um Kaschi stimmten einen begeisterten Sprechgesang an.

Aber Rainer war noch nicht durch. »Bringt mir den Verräter nach vorne!«

Ohne zu zögern verließ Bomber seinen Posten an der Tür, während ein paar kräftige Jungen aus den hinteren Reihen aufsprangen und Marco einkreisten.

Marco wehrte sich verzweifelt, aber einer packte von hinten seine Arme und hielt ihn fest.

»Lasst mich los!« Andere griffen seine Beine, und obwohl er sich wand und strampelte, schleppten sie ihn unter Gejohle und Rufen den Mittelgang hinunter und die Bühne hinauf. Tim konnte sich ein Grinsen nicht verkneifen, als Marco mit aller Kraft versuchte, die vier Jungen abzuschütteln, die ihn in fester Umklammerung hielten.

»Marco«, schrie Rainer, »ich frage dich hier vor allen!« Er deutete mit dem Finger auf ihn. »Bist du für uns ...« Dann wandte er sich an die Menge. »... oder gegen uns?«

»Bist du jetzt komplett durchgedreht oder was?«, schrie Marco, der sich verzweifelt wehrte.

Rainer konnte nicht anders – er musste Marco bewundern. »Was machen wir jetzt mit dem Verräter?« Das Publikum wurde ruhiger. Anscheinend wurde einigen die Sache ein wenig unheimlich. Betroffene Blicke begegneten ihm.

Rainer wusste, dass er jetzt nicht nachlassen durfte. »Was

sollen wir mit ihm machen?« Er fuhr zu der Truppe Jungen auf der Bühne herum. »Bomber – sag du!«

Bomber starrte ihn nur an. Hilflos.

»Na los, sag!«

Verstörung schlich sich in Bombers Miene.

Rainer dachte nicht daran, ihn sofort vom Haken zu lassen. »Du hast ihn doch auch hier hochgebracht!«, schrie er.

»Ja, weil ... weil Sie es gesagt haben.«

Die Jungen ließen Marco plötzlich los. Marco stolperte zwei Schritte vor, rollte die Schultern und zog sich das Hemd glatt.

»Weil ich es gesagt habe«, wiederholte Rainer. »Würdest du ihn auch töten, wenn ich es sage?«

Bomber sah ihn entsetzt an.

Rainer wandte sich wieder dem Publikum zu. »Wir können ihn ja auch erhängen oder enthaupten. Oder vielleicht foltern wir ihn, damit er sich zu unseren Regeln bekennt.« Er sah das Unbehagen der Leute auf den Plätzen unterhalb der Bühne. Die Verwirrung. Marcos Fassungslosigkeit. »So was macht man nämlich in einer Diktatur!«

Stille. Kein Mucks. Rainer fixierte sie mit seinen Blicken, bis sie wegsahen. Betreten auf ihre Hände blickten.

Er ließ sich Zeit damit, sie zu erlösen. Dehnte das Schweigen, bis es fast nicht mehr zu ertragen war. Dann sagte er ruhig, sehr ruhig: »Habt ihr gemerkt, was hier gerade passiert ist?« Er wandte sich zu Marco um und legte ihm die Hand auf die Schulter. »Alles okay mit dir?«

Marco nickte, murmelte zustimmend. Er war fertig mit den Nerven. Hatte geglaubt, Rainer hätte ihn verraten.

Gut.

»Könnt ihr euch noch erinnern, was für eine Frage letzte

Woche im Raum stand?« Er suchte Jens in der Menge. »Ob so was wie eine Diktatur bei uns noch möglich ist?« Seine Stimme gehorchte ihm nicht ganz, als er fortfuhr: »Das, was hier passiert ist, war genau das – Faschismus.« Er fasste sich wieder. »Wir alle haben uns für etwas Besseres gehalten, besser als die anderen. Aber was noch viel schlimmer ist – wir haben alle, die nicht unserer Meinung waren, aus unserer Gemeinschaft ausgeschlossen. Wir haben sie verletzt ...« Er schloss die Augen und fuhr sehr leise fort: »... und ich will gar nicht wissen, zu was wir noch alles fähig gewesen wären.«

Niemand sagte etwas. Es herrschte Totenstille in der Aula. Es war, als ob niemand zu atmen wagte.

»Ich muss mich bei euch entschuldigen«, sprach Rainer, noch immer sehr leise, weiter. »Wir sind zu weit gegangen.« Er senkte den Blick. »Ich bin zu weit gegangen. Die Sache ist hier zu Ende.«

Er sah, wie Dennis den Kopf schüttelte und wütend aufsprang. »Und was heißt das jetzt? Für die Welle?«

Rainers Puls beschleunigte sich. »Dass es vorbei ist.«

Dennis war fassungslos. »Einfach so«, sagte er verbittert.

Rainer nickte. »Einfach so.« Er fühlte sich so niedergeschlagen und müde.

»Nein.« Tim stand kopfschüttelnd am Bühnenrand. »Es ist nicht vorbei.«

»Doch, Tim.«

Rainer spürte, wie sich in ihm alles zusammenkrampfte. Er wusste nicht, was er erwartet hatte. Erleichtertes Auflachen von allen Seiten? Spontanes Erwachen von Schülern, die sich in einer Art kollektiver Hypnose befunden hatten? Erschütterung? Ja, sicher, aber die Erschütterung hätte aus echtem Begreifen erwachsen sollen, aus der Erkenntnis, was da geschehen war.

Doch nur allzu viele schienen vor allem erschüttert über den Verlust.

Den Verlust der Welle.

Sie weigerten sich, es zu akzeptieren.

»Aber nicht alles an der Welle ist schlecht!«, rief Dennis, beinahe verzweifelt. Ausgerechnet Dennis. Der Intellektuelle. Dennis, der engagierte Weltverbesserer. Der sich nun um Zustimmung heischend zum Publikum umwandte. »Wir haben es doch alle gespürt. Ja, wir haben Fehler gemacht«, räumte er ein. »Aber die können wir korrigieren.«

Versteh doch. Sieh dich um. Begriff er es denn nicht?

Hast du es denn selbst begriffen, Rainer Wenger?

»Nein, Dennis. So was kann man nicht korrigieren.« Plötzlich fiel ihm das Atmen schwer. Es war immer noch viel zu ruhig in dieser Aula voller Menschen. »Ich will, dass ihr jetzt alle nach Hause geht. Es gibt sicherlich genug, worüber ihr nachdenken müsst.«

Es dauerte einige Sekunden, bevor die Schüler reagierten. Endlich erhoben sich die ersten, langsam, in gedrückter Stimmung. Vielen blieben sitzen, sahen sich verwirrt um, als wollten sie es einfach nicht wahrhaben. Andere ließen den Kopf hängen, ein paar hatten zu weinen begonnen. Rainer wandte sich zu Marco um, der ihm die Hand gab. Marco hatte daraus gelernt, hatte noch vor Rainer gemerkt, dass die Welle aus dem Ruder lief und ihm die Augen geöffnet. Aber die anderen …?

Jetzt glaubten sie es vielleicht, aber in ein paar Jahren schon würde von diesem Erlebnis nicht mehr viel in der Erinnerung geblieben sein.

Und dieses Wissen war niederschmetternd.

Rainer wollte sich gerade abwenden, als er am Bühnenrand eine rasche Bewegung wahrnahm.

»Halt!« Tim Stoltefuss war auf die Bühne gesprungen und hielt etwas in der Hand.

Erst als vereinzelte Schreckensschreie durch die Aula hallten, begriff Rainer.

Aber er mochte seinen Augen nicht trauen.

Tim richtete eine Waffe aufs Publikum!

»Alle bleiben sitzen, und die Türen zu!«, brüllte der Junge, und seine Stimme kippte. »Keiner geht nach Hause!«

Die Schüler gehorchten entsetzt.

Tims Arm wirbelte herum und zeigte nun auf Rainer, Marco und die anderen auf der Bühne. Ungläubig starrten sie in den Lauf der Pistole.

»Leg die Waffe weg«, sagte Rainer leise.

Tim schien ihn gar nicht zu hören. »Sie haben uns belogen!« Schweißperlen bildeten sich auf seiner Stirn. Sein Atem kam stoßweise. »Die Welle lebt. Sie ist nicht tot! Sagen Sie es: Die Welle lebt!«

Bomber löste sich aus der Erstarrung. »Das ist doch nur 'ne Gaspistole«, murmelte er und machte zögernd einen Schritt auf Tim zu.

Der Knall war ohrenbetäubend. Das Publikum schrie auf. Bomber wurde zurückgeschleudert und krachte wie ein gefällter Baum zu Boden. Das weiße Hemd färbte sich an der Schulter rot.

Rainer und Kaschi stürzten zu Bomber und ließen sich neben ihm auf die Knie fallen. Tim kam näher, die Pistole noch immer auf ihn gerichtet.

»Ja«, sagte er, »jetzt nimmst du mich ernst. Denkst du, ich weiß nicht, wie du mich immer verarscht hast?« Sein Arm fuhr wieder herum zum Publikum. Die Schüler suchten panisch Deckung hinter den Sitzen. »Wie *ihr* mich immer verarscht habt?«, schrie er schluchzend.

Er wandte sich wieder der Szene auf der Bühne zu. Rainer richtete sich langsam auf.

»Die Welle ...«, presste Tim keuchend hervor. »Das war mein Leben.«

Rainer setzte sich vorsichtig in Bewegung. Er sah Tim in die Augen und ging langsam, einen kleinen Schritt nach dem anderen, auf ihn zu. »Tim«, flüsterte er. »Ganz ruhig. Leg die Waffe weg.«

Tims Arm zitterte, aber er hielt die Pistole noch immer auf Rainer gerichtet. »Noch einen Schritt weiter, und ich schieß Ihnen ins Gesicht.«

Es war so still.

»Und dann?«, fragte Rainer leise. »Was ist dann? Dann gibt es keinen Herrn Wenger mehr, der deine Welle anführen kann. Ist es das, was du willst?«

Tränen liefen Tim über das Gesicht. Er starrte Rainer an, ließ seinen Blick über das Publikum gleiten und ... senkte langsam den Arm.

Ein Aufatmen ging durch die Reihen der Schüler.

Gott sei Dank. Rainer spürte erst jetzt, wie zittrig seine Knie waren. Er wollte sich gerade wieder zu dem verletzten Bomber umdrehen, als er im Augenwinkel eine Bewegung sah und einen Sekundenbruchteil darauf begriff, dass Tim sich die Pistole in den Mund steckte.

Es war zu spät. Der zweite Schuss krachte, scheinbar lauter

als der erste. Ein kollektiver Aufschrei und das dumpfe Geräusch eines Körpers, der zu Boden sackte.

Rainer ließ sich neben Tim zu Boden sinken und starrte in offene, blicklose Augen.

Er sah auf. Sah seine Schüler. Sah Lisa weinen. Sah einen leichenblassen Marco.

Aber er nahm nichts anderes wahr als den Schuss, der in seinem Kopf widerhallte.

EPILOG

Das Team der Lokalnachrichten traf kurz nach der Ambulanz ein und hatte so Zeit und Gelegenheit, das Equipment aufzubauen und mit der Kamera erste Eindrücke festzuhalten. »Momentaufnahmen« und »dramatische Bilder« galt es zu filmen, und man würde die Zuschauer nicht enttäuschen. Es boten sich dankbare Motive und der Kameramann hielt sie alle fest.

Eine zarte Blondine mit noch etwas pausbäckigem Gesicht und engelhaften Locken, die im Schneidersitz auf dem Boden saß und laut und hemmungslos weinte.

Ein hübsches Mädchen mit langen rotbraunen Haaren, das langsam auf einen athletisch gebauten, sehr bleichen Jungen im weißen Hemd zutrat. Sie schlossen einander stumm in die Arme.

Eine aufgeregte ältere Frau – die Schulleiterin, wie man hörte –, die unter beinahe hysterischem Geschrei in die von der Polizei abgesperrte Aula zu gelangen versuchte.

Eine schwangere Frau, die vollkommen stumm und reglos am Randstein auf der gegenüberliegenden Straßenseite stand und zur Schule hinüberblickte.

Ein großer Junge, vermutlich türkischer Herkunft, der die Hände vors Gesicht schlug. Und ein anderer, in dem der Kameramann den Sohn eines stadtbekannten Industriellen zu erkennen glaubte, der ihm den Arm um die Schultern legte.

Eltern, die ihre Kinder in die Arme schlossen.

Ein schlichter Sarg in hässlichem Amtsgrau.

Eine Trage mit einem massigen Jungen, dessen Schulter bandagiert war.

Und überall weiße Hemden.

Dann rief die Reporterin, man würde ihn jetzt herausbringen. Der Kameramann beeilte sich, zu ihr zu kommen, während sie sich noch rasch das Haar aus dem Gesicht strich und ihm dann zunickte. *Los jetzt.*

»Guten Tag, meine Damen und Herren, wir senden live vom Schauplatz einer unfassbaren Tragödie, die sich vor nur wenigen Minuten hier, in der Aula des Marie-Curie-Gymnasiums, abgespielt hat. Bei einer Art Abschlussveranstaltung einer Projektwoche der Schule schoss ein siebzehnjähriger Junge einen Mitschüler an und tötete danach sich selbst. Die genauen Umstände sind noch nicht geklärt. Es heißt jedoch, dass der Lehrer, der dieses Projekt leitete, eine nicht unerhebliche Rolle in der Entwicklung spielte, die zu diesem dramatischen Ereignis geführt hat ...«

Der Kameramann schwenkte an der Reporterin vorbei und zoomte auf den kleinen Trupp, der nun aus der Aula trat. Zwei Polizisten führten einen Mann, Ende dreißig, in Handschellen zum Streifenwagen, der mit Blaulicht am Straßenrand parkte. Der Mann schien unter Schock zu stehen; er blickte sich verwirrt um, als befände er sich in Trance. Aber er bot ein wenig spektakuläres Bild und daher richtete der Kameramann sein Objektiv lieber wieder auf den Sarg.

Tote Schüler brachten Quoten.

DAS EXPERIMENT VON RON JONES

Die Geschichte der »Welle« basiert auf einer wahren Begebenheit, die sich im Herbst 1968 an der Cubberley High School in Palo Alto zutrug. Als Reaktion auf Aussagen in der Klasse, dass Verhaltensformen des Nationalsozialismus »bei uns nicht vorkommen könnten«, stellte der Geschichtslehrer Ron William Jones zusammen mit Schülern und anderen Lehrern ein Experiment an.

Die Schüler wurden von Ron Jones als »The Third Wave« (»Die Dritte Welle«) organisiert, bekamen Rollen zugeteilt und wurden disziplinarischen Einschränkungen unterworfen; Verhaltensnormen wurden aufgestellt, ihre Verletzung wurde streng sanktioniert. Das Experiment lief über fünf Tage.

Entsetzt über die Leichtigkeit, mit der seine Schüler sich manipulieren ließen, brach Ron Jones das Experiment ab, indem er in einer Schulversammlung den begeisterten Anhängern der »Dritten Welle« einen direkten Vergleich mit Jugendorganisationen im »Dritten Reich« vor Augen führte.

1972 entstand ein kurzer Artikel von Ron Jones unter dem Titel *The Third Wave*. Jahre später fasste Ron Jones seine Erfahrungen in dem Buch *No Substitute for Madness: A Teacher, His Kids, and the Lessons of Real Life* zusammen.

Auf die Frage, wie er heute zu seinem Experiment steht, antwortete Ron Jones in einem Interview: »Ich würde es niemals wieder tun.«

FLUCHT ist AUSGESCHLOSSEN

Morton Rhue

Boot Camp

Connor ist nicht der Sohn, den sich seine Eltern wünschen. Gegen seinen Willen lassen sie ihn in ein Boot Camp bringen. Dort erwartet Connor ein brutales Umerziehungssystem, aus dem es scheinbar keinen Ausweg gibt.

Deutsche Ausgabe.
ISBN 978-3-473-**58255**-6

Englische Ausgabe mit Wörterverzeichnis.
ISBN 978-3-473-**58256**-3

www.ravensburger.de

Ravensburger Bücher

Morton Rhue schreibt über Straßenkinder in New York

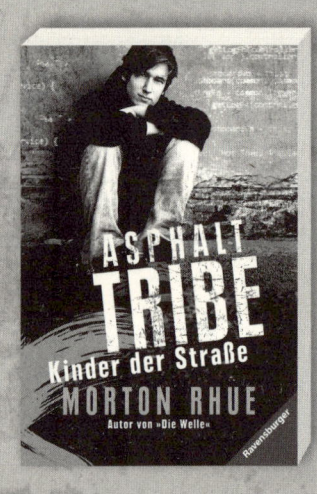

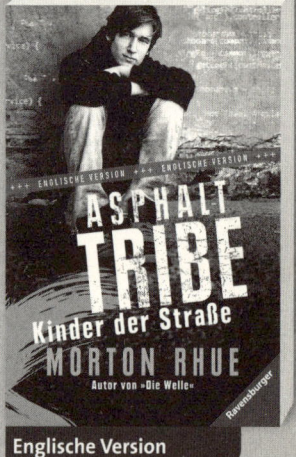

Morton Rhue

Asphalt Tribe

Sie nennen sich „Asphalt Tribe" und leben auf den Straßen von New York. Die 15-jährige Maybe erstattet schonungslos Bericht über ihren Überlebenskampf, über Momente der Angst und des Glücks, über Aussichtslosigkeit und Zukunftsträume.

Deutsche Ausgabe.
ISBN 978-3-473-**58212**-9

Englische Ausgabe mit Wörterverzeichnis.
ISBN 978-3-473-**58213**-6

www.ravensburger.de

Ravensburger